KB061649

상상 아닌 회상의

혼자 해외가 처음인 평범한 청춘의 남미 이야기

저자 유재석

여행 전

페 루

볼리비아

칠레

아르헨티나

브라질

번외

에필로그

왜 3주여도 남미일까?

해외여행이라고는 초등학교 5학년 가족과 함께한 베이징 패키지 여행뿐이었던 나는, 그 이후 여행이라고는 국내 몇 곳밖에 다녀오지 않은 여행이 친숙하지 않고 그 의미를 알지 못하는 평범한 20대 남자였다.

21살 국방의 의무를 지키기 위해 강원도에서 복무를 했던 나는, 전역만 한다면 무엇이든 할 수 있을 것 같았고 하고 싶은 것 또한 많았다. 사회와 단절이 되어있어서 자유로운 것을 원해서인지 나는 그 시절 여행에세이 장르의 책에 빠져 있었다. 미국, 유럽 많은 여행 에세이를 읽다 보니 가고 싶은 마음은 더욱 간절했고 전역을 한다면 미국과 유럽 중 꼭 해외 여행을 다녀오겠다는 행복한 상상을 했다. 그러는 도중 여행잡지에 마추픽추 사진을 보았는데 어린 시절 세계 불가사의 책을 읽었던 순간이 떠오름과 동시에 '내가 갈 곳은 여기구나'라는 생각이 들었다. 그 후 나는 미친 듯이 마추픽추 정보를 검색해보고 관련된 책들을 읽기 시작하였다. 그렇게 남미 배낭여행은 나의 꿈이 되었고 전역 후 첫 번째 목표가 되었다.

전역을 하고 난 뒤 바로 일을 하기 시작하였고 일상에 적응하다 보니 남미 배낭여행은 꿈에만 그치는 듯 했다. 일을 하다 보니 일에 대한 권태기도 왔고 시간을 조정하는 것은 아주 힘든 일이었다. 여행을 하기 전 '내가 이 상황 속에서 나 좋다고 여행하는 것이 맞는 건가?'라는 생각이 들었고 그만한 시간과 돈을 쓸 만큼 가치 있는 것인가 라는 걱정도 하였다. 막상 떠나려고 생각하니 현실의 벽은 생각보다 컸다. 금전적인 것부터 사회 초년생인 나에겐 부담이 컸으며 남미에 잘 갈 수는 있을지, 치안이 안 좋다는 남미에서 내가 안 다치고 무사히 돌아올 수는 있을지 걱정이 앞섰다. 이뿐이랴, 스페인어는 물론이고 영어도 잘 하지 못하는 내가 그곳에 가서 여행이 재미는 있을까라는 생각도 들었다. 고민은 점점 깊어 갔으나 Yolo(Your only live once)를 외치던 나는 한번 뿐인 인생, 일단 가장 젊은 지금 걱정과 고민만 하지 말고 용기 내어 한번 가보자라는 생각을 굳게 다짐하고 남미행 비행기 티켓을 결제했다.

이 책을 읽는 독자 분들이 책을 읽으며 나와 함께 3주간 남미에 다녀온 것 같은 느낌이 들었으면 좋겠다. 지금부터 20일간의 나의 행복한 평범하면서도 특별했던 남미 여행에 초대하겠다.

여행 전

아니 해외여행 준비가 이렇게도 어려운 거야?

하루에 12시간을 일했던 나는 바쁜 와중에도 남미여행 가이드북을 손에서 놓지 않았다. 정독을 하고 인터넷에 검색을 끝없이 하지만 3주간 어디를 갈지, 어디에 얼마나 있어야 할지, 정할 것이 태산이었다. 예약할 것은 왜 이리 많은지, 환전이며 여권 만드는 것조차도 어떻게 해야 하는지 검색하며 알아봤다.

볼리비아에 가기 위해서는 꼭 황열병 접종을 해야 한다는 글과 하지 않아도 된다는 글이 섞여있었기 때문에 건강을 위해서라도 해보자는 결론을 냈고 황열병 예방 접종을 하는 법과 후기를 검색해 보았다. 후기를 보니 흡사 공포영화평론인 것마냥 체질에 따라 엄청난 고열과 함께 몸이 안 좋아 너무 힘들었다는 후기들이 꽤나 많이 보였다. "나는 아프지 않은 체질이겠지", "아프면 얼마나 아프겠어?"라는 자기 위로를 하며 주사 맞으러 가는 당일까지 애써 괜찮은 척을 했다. 병원에 도착했을 때 나의 앞 순번이었던 생전 처음 보는 사람과 나는 누가 봐도 겁에 질린 강아지들처럼 안절부절하고 있었고 우린 겁을 이겨내기 위해서였을까, 서로에게 말을 건넸다.

"많이 아플까요?"

"아픈 사람은 정말 극소수라는데 괜찮을 거에요.."

"그렇죠? 근데 어디 여행가세요?"

"저는 아프리카 배낭여행 가요. 그쪽은 어디 가세요?"

"저는 남미 배낭여행이요!"

우리는 서로를 부러워하며 많은 이야기를 나눴다. 첫 혼자 배낭여행을 남미로 간다 하니 걱정을 해주면서도 멋있다 해주던 그분은 주사를 먼저 맞으러 갔다. 나도 그 후 주사를 맞으러 갔고 걱정과는 달리 주사를 맞은 순간부터 그 후까지 아무런 느낌이 들지 않을 정도로 평범했고 겁을 내던 내 자신이 민망할 정도였다. 여행을 준비하는 동안 일을 하며 스트레스를 받으면서 비행기 티켓, 버스, 숙소 등을 예약하고 여행 일정 계획 및 필요한 것들을 준비하니 스트레스는 더해가는 것 같았다.

'그래도 다녀오면 난 무엇보다 값진 추억이 생길 거야, 이 순간도 감사하자.'
그렇게 시간은 지났고 어느덧 여행을 떠나기 전날이 되었다. 가족과 지인들에게 많은 연락도 오고 딱 3주이지만 처음으로 정말 먼 곳을 떠날 생각하니 군대에 가는 듯 하면서도 기대되었고 떨렸다. 배낭을 다 싸고 나니 이제 진짜 시작이라는 것이 실감이 났고 너무 행복해서인지 뜬눈으로 밤을 샜다. 비행기를 초등학교 이후로 처음 탔기 때문에 비행 이륙 5시간 전에 미리 공항에 갔고 도착한 후에도 지상직 승무원 분들에게 많이 물어보며 출국 준비를 하였다. 한국에선 한국어로 이렇게 물어볼 수 있으니 다행이라는 생각과 함께 남미에 가서는 이렇지 못할 것 같다는 걱정이 들었다. 공항 내 면세점을 구경하며 시간을 보냈고 그렇게 나의 남미 여행 첫 번째 행선지인 페루로 가기 위해선 미국 LA를 경유해야 했다.

남미 여행 시작도 안 했는데 결항이라니?

초등학생 이후로 비행기를 타는 것이 처음이었다. 남들은 장시간 비행은 물론이고 고속버스로 3시간 타는 것도 힘들다고 하지만 어릴 적부터 잠이 많은 나는 마음만 먹으면 잠을 잘 수 있는 특별한 재주 아닌 재주가 있어, 친구들 사이에서 '잠 컨트롤러'라는 별명이 있었기에 장기간 비행이 걱정되지 않았다. 비행기는 무사히 이륙했고 그 순간마저 설렜다. 창가석을 배정 받지 못하여 아쉽긴 하였으나 비행기에서 영화를 볼 수 있다는 것만으로도 행복했다. 재밌는 영화를 보기도 하고 비행기에서 처음으로 기내식을 먹어 보았다. 기내식을 사진 찍는 사람이 과연 얼마나 있을까? 기내식 사진마저 열심히 찍으며 음식을 음미했다. 영화를 보고 밥을 먹고 잠을 자는 것을 반복하다 보니 어느덧 미국 LAX공항에 도착하였다. 공항 근처에 조금만 나가면 In and out 햄버거가 유명하다길래 가서 맛이라도 봐야겠다는 생각을 했으나 입국심사가 조금은 까탈스럽고 사람이 많아 오래 걸릴 것 같아 햄버거는 포기하기로 결정했다. 첫 입국심사라 상당히 겁이 났지만 무사히 마칠 수 있었다. 남미 행 비행기를 타기 위해서 공항 구경도 하고 무료 와이파이가 잡히는 곳에서 가족, 지인들과 연락도 하고 영상통화를 했다. 그다음 햄버거를 먹으며 맥주를 먹었는데 미국 햄버거라 그런지 크기도 상당히 컸고 맛있었다.

어느덧 시간이 지나서 비행기 편과 시간을 다시 한번 확인한 후 미리 게이트 앞에서 기다리고 있었다. LA공항의 야경이 예쁜 것도 유명했기 때문에 저녁 시간에 출발하는 난 행운아라는 생각이 들었다. 신나있던 그때 게이트 앞에서 사람들이 웅성거리더니 안내와 함께 게이트 번호가 바뀌었다. '1~2시간은 괜찮아'라며 스스로 위로를 하고 바뀐 게이트 앞에서 기다리고 있었는데 사람들이 또 웅성이기 시작했다. 영어를 잘 알아 듣지 못한 나는 직감으로 지금 상황이 좋지 않다는 것을 알게 되었다. 역시나 직감이 들어맞았다. 시간이 또 미뤄지더니 게이트 번호가 바뀌었다. 종교가 없는 나는 그럼에도 속으로 간절하게 기도도 해보며 오늘 안으로만 출발하면 좋겠다는 생각이었다. 또 바뀐 게이트에서 기다리는데 시간은 점점 더 딜레이 되었고 앞에 있던 사람들이 거칠게 항의하는 모습들이 보였다. 직원들은 줄을 세우고 어떤 종이를 나눠줬다. 주위에 한국인이 있으면 도움을 요청하려 했으나 단 한 명도 보이지 않았다.

나눠준 종이는 영어로 되어있었고 승무원이 하는 영어를 전부 알아 듣지 못했다. 대략적으로 오늘 비행기는 결국 결항이 되었고 내일 오후 비행기로 바뀐다는 것이었다. 잠자는 곳은 제공해준다는 말에 안심하기보다는 나의 소중한 남미에서의 하루가 사라져서 너무 슬프고 나의 계획이 틀어지게 되어 멘붕이 왔다. 그렇게 정신 없는 와중에도 일단 호텔을 가긴 해야 해서 호텔로 가는 셔틀버스 위치를 찾았으나 너무 힘들었다. 오르락내리락 하면서 한창 찾아 다니던 도중에 문득 든 생각이 수화물은 어떻게 해야 하는지, 안 찾아가면 내 수화물은 어떻게 되는지 등 정말 눈물이 날 것 같았다. 여행하기도 전에 생각지도 못한 문제가 생겨서 여행을 후회하기도 했다. 일단은 지금 당장에 버스 정류장을 찾아야 했기 때문에 나는 뛰어다니기 시작했다. 그러는 도중에 동양인처럼 보이는 가족들이 보여서 버스 정류장 위치를 물어봤고 그분들 또한 그곳에 가야 한다며 같이 가자고 해주었다. 그분들은 중국 사람들이었고 나를 계속 챙겨주며 말을 걸어주었다. "혼자 여행을 하니?", "어디 나라 사람이야?" 등 그분들 덕분에 긴장된 게 조금씩 풀리기 시작하였다. 무사히 셔틀 버스를 탔고 그분들이 내일 공항에 다시 올 때도 같이 가자 해주며 밥 먹을 사람 없으면 같이 먹자고도 해주었다. 비행기가 결항되는 순간에는 여러 가지로 너무 복잡해서 슬프고 화가 났지만 좋은 분들과 함께 이야기를 하며 마음을 추스르니 이것 또한 새로운 경험이고 추억이 될 것이라 생각했다. 호텔에 도착하여 내일 픽업 서비스는 언제인지 물어는 봐야겠는데 고민을 하다가 "투모로우 픽업 왓 타임?"이라고 말도 안 되는 문법으로 말했는데 기사 분이 바로 알아듣고 시간 등을 알려줬다. 그 상황이 왠지 너무 웃겨서 나는 혼자 웃으며 기분을 달랬다. 늦은 시간이라 딱히 할 게 없었기 때문에 와이파이에 연결하여 미리 예약해둔 페루 공항 픽업서비스 시간을 조정하기도 하고, 둘째 날 계획이었던 이카 사막도시를 가는 것은 포기하기로 결정했다.

방은 내가 혼자 쓰기에는 상당히 크고 좋아서 이런 호텔에 내가 공짜로 사용하는 것 또한 감사하기로 생각하고 잠이 들었다. 일어나서 일찍 조식도 먹으며 호텔 근처 구경도 했고 점심에는 스테이크도 공짜로 먹었다.

그 후 공항으로 나는 다시 돌아갔고 다행히 비행기까지 탑승하는데 문제는 없었다. 그런데 비행기를 타고나서 비행기 출발이 원래 시간보다 1시간 늦어졌다. 또 불안에 떨었지만 이번엔 정말 다행히 비행기가 정상적으로 출발했다.

이제 진짜 진짜 여행 시작이다!

페 루

평범한 그러나 특별했던 도시 리마 (+1일)

이번 여행에서 리마라는 도시는 기대감이 거의 없었다. 내가 생각한 도시 리마는 이카, 쿠스코를 가기 위해 들러야만 하는 도시 그 정도였다. 비행기 결항으로 이카를 가는 것은 끝이 났으니 나에게 이 도시에 대한 기대감이라고는 꽃보다 청춘-페루편을 보면서 나온 샌드위치 맛집 정도일 뿐이니 얼마나 기대감이 없었는지 짐작이 갈 것이다. 새벽 리마에 도착했을 때 나는 미리 예약해둔 한인 민박으로 가기 위해 픽업 서비스를 받았다. 한인 민박과 픽업 서비스의 가격은 다른 곳에 비해 조금 비싼 편이지만 첫날이니만큼 조금 편안하게 보내고 싶어서 예약을 했다. 기사님은 페루 사람이었지만 꽤나 능숙한 한국말을 했다.

"페루에 온 것을 환영해요!"

"어, 한국말을 할 줄 아세요?

"조금? 손님들에게 조금씩 배웠어요. 사랑해요, 안녕하세요, 감사합니다, 그리고 예쁘시네요!"

한국어를 하는 페루인을 보니 우스우면서도 예쁘다는 말은 알면서 잘생겼다는 말은 모르는 걸 보니 세계 남자들은 다 똑같다는 생각이 들었다.

그 후로도 기사님은 나에게 숙소로 가면서 숫자와 간단한 인사 등을 가르쳐주었다. 차를 타고 가면서 남미에 진짜 왔다는 것이 실감이 나서인지 계속 웃음이 났다.

숙소에 도착한 나는 남미 에서의 하루가 날아간 것에 보상이라도 받고 싶은 사람처럼 2시간만 자고 바로 시내를 나갔다. (초등학생 시절, 학교 갈 때는 눈이 그렇게 안 떠지면서도 현장 학습 가는 날은 어머니가 안 깨워도 일어나던 것처럼 2시간을 자도 알람 없이 일어났고, 피곤하기보단 기대감이 가득했다.) 처음으로 내가 보러 간 곳은 대한민국에서도 충분히 볼 수 있을 것 같은 대통령 궁이다. 사람들이 생각보다 많이 몰려 있어서 뭔가 하고 봤더니 근위대 교대 시간이었다. 음악 소리에 맞춰 절도 있게 움직이는 모습들을 보니 군 행사를 보는 듯 재미있었다.

그 후로도 근방에 있는 건축물들을 보고 성당에도 갔다. 영어와 스페인어 그룹투어가 있다 하여 스페인어보다는 영어가 낫겠지 라는 생각으로 영어 그룹투어를 신청했는데 정말 단 한 마디도 이해하지 못하고 눈으로만 구경하다 끝이 났다.

그 후 광장에서 중년층 한국 분들을 만났다.

"배낭 보니 한국 사람 같은데, 배낭여행 왔나 봐요?"

"네, 맞아요. 여행오신 거에요?"

"아뇨~ 저희는 여기 사는 사람들이에요. 멋있어요. 이렇게 배낭여행 오는 사람들 보면 젊음이 부럽기도 하고.."

"감사합니다. 저도 남미 와서 이렇게 한국 분들 뵈니 힘이 나요."

"여행 조심히, 행복하게 잘 마무리해요!"

한국 분들과 머나먼 타지에서 대화를 하니 반갑기도 하며 역시 한국인의 정은 깊다는 것을 느꼈다.

리마는 회색 도시라고 불릴 정도로 매연도 많고 날씨가 흐린 날이 많은데 이 날도 역시 흐린 날씨였다. 날씨가 습해서 무거운 배낭을 메고 다니니 금방 지치는 것 같았다. 일단 정확한 정보 수집을 위해 페루에서 유심 칩 구매를 하기로 결정했고 길을 묻고 물어 유심 칩을 파는 곳까지 갔다.

"올라!! @#~$%^&!!"

"쏘리, 아이 돈 스피킹 스페니쉬.."

"오케이 잉글리쉬!"

그 후 갑자기 영어를 할 줄 안다는 직원이 나타났고, 속으로 "스페인어 못한다 했지 영어도 잘 한다는 건 아닌데…"라고 생각하며 어렵게 말을 이어갔다.

역시 세계 만국 공통어는 바디랭귀지답게 나는 열심히 바디랭귀지로 설명을 했고 무사히 유심 칩을 구매할 수 있었다. 유심 칩을 바로 사용하여 스마트폰이 이제 기능을 할 수 있어서 마음이 편안해졌다. 유심 칩 구매 후 배가 고파서 나는 밥을 먹으러 찾아 다녔고 미리 알아봐둔 맛집은 없었기 때문에 보이는 곳으로 들어가 페루의 유명 음식 중 하나인 세비체와 잉카콜라를 주문했다. 세비체를 주문했는데 갑자기 같이 나온 음식 중에 밥, 감자튀김, 닭고기가 나왔고 이게 메인 메뉴라 생각이 들 정도로 많은 양이 나

왔다. 순간 사기 당하는 건가 라는 의심이 들긴 하였지만 배가 고팠기 때문

에 싹싹 긁어 먹었다. 잉카콜라를 보며 신기해 하는 내가 종업원들은 우스웠는지 나에게 계속 맛있냐고 물었고 나는 맛있다 라는 표현을 어제 배웠기 때문에 연신 엄지손가락을 치켜 세우며 "리꼬!(맛있다!) 리꼬!(맛있다!)"를 외쳤다. 종업원들은 스페인어를 하는 동양인이 우스웠는지 계속 나를 보며 웃음을 지었다.

그렇게 배부르게 첫 식사를 끝냈고 구 시가지에서 신 시가지로 넘어가기 위해 택시를 타기로 결정했다. 페루의 택시는 미터기가 없어 미리 협상을 하고 가야 하는데 외국인에겐 가격 거품도 심하고 사기도 많으니 조심하라는 것을 알고 있었다. 나는 가격 흥정을 실패하여 5~6대나 보내고서야 겨우 내가 원하는 가격에 가깝게 택시를 탈 수 있었다. 잔돈이 없다며 마지막에 돈을 안 주는 사기도 들은 바 있어서 미리 잔돈들도 챙겨 놓았다.

신 시가지에 도착하여 꽃보다 청춘에 나온 샌드위치 맛집을 갔는데 음식은 미리 알아본 것으로 주문을 하려 했고 목이 말라 음료를 같이 주문하려 했으나 망고주스가 스페인어로 무엇일까 고민에 빠졌다. 어플을 이용하여 망고주스를 번역하여 보여주니 종업원은 웃으며 "망고주스?"라고 말했고 그냥 망고주스라 말이라도 해볼걸 뭐이리 어렵게 고민했나 라는 생각에 순간 머쓱했다. 샌드위치를 기다리며 나의 큰 배낭 때문인지 아니면 동양인이 신기했는지 주위에서 미리 먹고 있던 외국인들은 나를 신기해하며 쳐다봤고 그 시선이 무섭기보단 연예인이 된 기분 같았다. 그 시선들을 느

끼다 보니 음식은 금방 나왔고 좀 전에 세비체, 밥, 감자튀김, 닭고기를 먹고 온 사람이라고는 아무도 믿지 않을 만큼 나는 폭풍 흡입을 했다.

그렇게 샌드위치를 다 먹고 나니 리마에서 나의 할 일은 이제 거의 끝이 나는 듯 했고 소화할 겸 바다가 보이는 공원까지 걸어갔다. 가는 도중에 조금 전에 본 구 시가지와는 정말 많이 비교될 정도로 높고 고급스러워 보이는 건물들과 테니스 장들이 많이 보였다. 같은 도시임에도 이렇게 크게 빈부격차가 느껴지는 것이 씁쓸하기도 해서 많은 생각을 하게 되었다. 공원에서 바다가 보였고 서핑 하는 사람들도 꽤나 많이 보였다.

서핑 하는 사람들을 구경하는 도중에 페루의 학생처럼 보이는 남자와 여자가 나에게 다가와 말을 걸었다.

"한국 사람이세요?"

"네, 어떻게 아셨어요? 한국 말 할 줄 아세요?"

"네, 조금 할 줄 알아요. 저희는 페루 대학생이고 혹시 괜찮으면 힘든 사람들을 위해 기부해줄 수 있어요?"

"죄송한데 저도 여행 중이라 돈이 별로 없어서요. 죄송해요."

"괜찮아요!"

타지에서 외국인과 한국말로 대화라니. 그 사람들과 짧은 대화가 끝나고 어리둥절해하고 있었다. 신기하기도 하며 너무 칼같이 거절한 건 아닌가라는 미안함도 들었다.

"아니, 여행객인데 나도 여행 경비가 별로 없는데. 뭐 어때!" 속으로 괜찮다 하며 마음을 정리하고 있는 그때 좀 전에 나에게 말을 걸었던 그녀가 다시 왔다.

"저 아까는 학교에서 활동하는 것들 하는 거였는데, 지금 끝나고 왔어요."

"아까 같이 있던 친구분은 갔어요?"

"네, 그 친구는 갔어요. 얼마나 여행하는 거에요?"

"저 20일 정도요. 아니, 근데 한국말을 왜 이리 잘 해요?"

"저희 학교에 한국 친구들 교환학생으로 많이 와요. 한국 좋아요. 한국 음식, 한국 문화, K-POP, 한국 사람들 멋있어요." 그녀는 말을 하며 순박한 웃음을 지었다. 우린 그 뒤로 계속해서 이야기를 했고 사소한 것부터 한국 문화에 대해서까지 이야기를 나눴다. 우린 서로 못 알아 듣는 내용이 나오면 번역 어플을 이용해가며 영어도 섞어가며 이야기를 이어나갔다. 그녀의 이름은 알레였고 외국어에 관심이 많아 4개 국어를 어느 정도는 할 수 있다 하였다. 외국어를 잘 하는 그녀를 보니 멋있어 보여 칭찬을 하니, 그녀 또

한 나에게 좋은 사람 같다며 칭찬을 아끼지 않았다. 그녀는 페루 사람이었지만 마추픽추를 가는 나를 부러워했다. 페루 사람이어도 마추픽추에 가지 못 한 사람이 상당히 많다는 것을 듣고 내가 그곳에 갈 수 있다는 것에 감사했다. 우리는 3시간 넘게 대화를 나눴고, 그러다 보니 해가 어느덧 지고 있었다. 여행 첫날부터 외국어도 못하는 나에게 외국인 친구가 생긴 것도 신기했고 기분이 좋았다. 처음 그녀를 경계한 게 무안하고 미안할 정도로 그녀는 좋은 사람 같았고 우린 무척 아쉬웠지만 각자의 일정을 위해 헤어질 시간이 다가왔다. 아쉬운 마음에 우린 SNS 친구 등록도 하고 사진도 찍었다.

"여행 재밌게 해. 나중에 또 놀러 오면 꼭 연락 줘."

"고마워. 너도 한국에 온다면 나에게 꼭 연락해. 그땐 내가 스페인어와 영어 공부를 열심히 하고 있을게."

우린 그렇게 아쉬운 작별 인사를 했고 나는 1시간 30분 정도를 더 걸으며 현지인이 추천해 준 유명한 꼬치 집을 갔다.
가는 길에도 역시나 호화스러워 보이는 집들과 마당, 그리

고 수많은 경비원들을 보니 이곳은 정말 부유한 사람들이 사는 곳 같았다. 가게를 어렵게 찾아 들어가니 늦은 시간임에도 사람들이 많았다. 나도 메뉴를 고르고 난 뒤, 자리에 앉아 기다리는데 주문을 받았던 사람이 나에게 다가와 외국인들을 위한 페루 국기 모양의 귀여운 배지를 주었다. 그 뒤로 음식이 나왔고 현지인과 여행객들이 모두 추천해주는 곳답게 정말 맛있게 먹었다. 이번에도 잉카 콜라와 함께 꼬치를 먹었는데 처음에는 그냥 달달한 음료라고 생각했던 잉카 콜라에 중독이 된 것 같았다. 페루에서는 코카

콜라보다 잉카 콜라 판매율이 더 높다고 하는데 그 이유를 조금은 알 것 같았다. 마지막 끼니를 먹은 후, 나는 택시를 타고 공항으로 향했다. 숙소에서 잠을 자긴 돈이 아깝고 시간이 애매해서 공항 노숙을 하기로 결정했다. 인생 첫 공항 노숙이라 걱정했는데 공항에서 노숙하는 여행객들이 상당히 많은 걸 보니 안심이 되었다. 잠을 청하기엔 쌀쌀하기도 하고 불안해서 오히려 더 피곤한 느낌이었지만 그렇게 시간을 보내다 보니 쿠스코행 비행기를 탑승하는 시간이 왔다.

평범할 것이라 생각해서 기대하지 않았던 도시 리마에서 특별한 순간 순간들이 있어서 하루가 알차고 행복했던 것 같다. 가끔은 평범함 속에서 얻는 특별함이 소중하다는 것을 느낄 수 있는 하루였다.

고산병 별 거 없네! 근데 하루가 어디 갔지? (+2일)

쿠스코는 내가 여행 전 가장 기대했던 도시이다. 사진에서만 봐도 현대 문명에서는 보기 힘든 많은 유적들이 있는 곳이기 때문이다. 그리고 쿠스코를 들러야만 나의 꿈인 마추픽추를 갈 수 있기 때문이었다. 쿠스코에 처음 도착했을 때, 리마와는 달리 날씨가 상당히 추웠다. 미리 챙겨온 경량 패딩을 꺼내 입고 나니 지금 한국은 6월이라는 게 믿기지 않았다. 택시를 타고 아르마스 광장을 가는데 가는 길이 리마와는 사뭇 다른 유적지 같아 보이는 건축물들이 곳곳에 많이 보였기 때문에 나의 진짜 남미 여행이 시작되는 기분이었다. 도착해서 아르마스 광장 근처에 있는 태양의 신전과 산토 도밍고 교회를 갔다. 매표소에서 표를 구매하고 입장하려 하는데 한 외국인이 나에게 다가와 말을 걸었다.

"가이드 필요하니?"

"아니. 나 스페인어를 못해."

"괜찮아, 영어하는 가이드도 있어."

"응. 근데 어제 영어도 못 알아 들었어.."

"아.. 좋은 시간 보내."

어제 영어 가이드를 듣고 안 하느니만 못하다는 생각을 했던 나는, 속으로 "한국에서 한국어 들으면서 역사 탐방해도 다 기억 못 할 수도 있는데 뭐 어때!"라고 생각하며 여행 가이드 책을 보며 혼자 돌아보기로 결심했다. 교회 내부를 돌아보는데 참 웅장해 보이는 게 많았고 가이드 책을 보며 하나씩 이해하니 좀 더 재미가 있었다.

교회를 다 구경하고 나서 밖을 나와 하늘을 보았는데 속이 뻥 뚫리게 하늘은 맑고 아름다웠다. 내가 살면서 하늘을 보며 감탄한 적이 몇 번 없었던 것 같은데 쿠스코 하늘은 정말 같은 하늘이라고 믿기지 않을 정도로 아름다웠다. 한국에 있을 때는 일상에 치이다 보니 예쁜 하늘을 보아도 감흥이 덜했을 수도 있지만 확실한 건 누가 봐도 아름다운 하늘일 것이다.

그 후 아르마스 광장 근처에 유명한 명소 중 하나인 12각 돌을 보러 가는 길에 나의 눈을 사로잡은 상점이 보였다. 귀여운 알파카 인형들이 진열되어 있고 종류와 크기도 다양했다. TV에서 가수 유희열씨가 그렇게 좋아하던 인형들을 직접 보니 나 또한 귀여움에 매료되었다. 인형을 보고 있으니 가게 주인은 서툴지만 나에게 영어로 말을 걸었다.

"안녕, 인형들 귀엽지. 사진 찍어도 돼."

"오, 정말? 고마워, 사진 한 장만 찍을게."

"응, 근데 하나 사지 않을래?"

"아.. 그건 생각 좀 해볼게…."

귀여운 인형을 사고 싶기도 했지만 일단 충동 구매는 피하자는 생각을 하며 빠르게 가게 밖으로 나섰다. 그 후 12각 돌처럼 보이는 돌들이 너무 많아서 "어딜까?"하고 찾다 보니 명소답게 유독 사람이 모여 있는 곳을 발견했다. 아침이라 사람들이 많지는 않았지만 유독 한 곳 앞에서 여러 사람들이 돌을 지켜보는 걸 보니 저기가 확실했다. 좁은 거리여서 삼각대를 설치하기에는 민폐 같고 12각 돌 사진만 찍고 가자니 아쉬울 것 같아 주위에 사진을 찍어줄 것을 부탁할 만한 사람을 찾았다. 여행객으로 보이는 중년여성 2명이 서로가 사진을 찍어주고 있었고, 난 저 사람들이면 되겠다는 생각에 먼저 다가가 말을 걸었다.

"Excuse me…. Take…"

"우린 영어 잘 몰라~!!!!!!"

"알겠어. 번역기 보여줄게. 근데 나도 영어 잘 몰라."

"아~ 사진 찍어달라는 뜻이었구나! 찍어줄게. (찰칵) 자, 이제 1달러 줘!"

그들은 말하면서 웃었고 농담인 게 느껴졌다.

"1달러??? 에이! 나도 너희를 같이 찍어줄게!"

"오, 좋아!"

"치즈~~ (찰칵) 자, 너희 2명이지? 너흰 2달러야."

그녀들은 박장대소하며 나에게 재밌는 사람이라고 엄지손가락을 치켜세우며 칭찬하였다. 우린 그렇게 서로의 사진을 찍어주고 웃으며 헤어졌다. 그 후 나는 기분 좋게 광장으로 가면서 사진을 확인하였는데 12각 돌과 같이 찍은 사진이었지만 12각 돌은 나오지 않은 사진에 나만 찍혀있었다.

"역시 사진은 한국인이 잘 찍는다는 이유가 있구나."

애석하게도 주위에는 한국 사람은 보이지 않았다.

아쉬운 마음을 뒤로하고 나는 시장을 가보기로 했고 예전부터 사고 싶었던 마추픽추가 그려진 모자를 사기 위해 돌아다녔다.

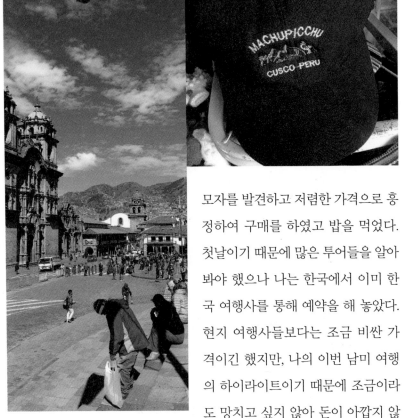

모자를 발견하고 저렴한 가격으로 흥정하여 구매를 하였고 밥을 먹었다. 첫날이기 때문에 많은 투어들을 알아봐야 했으나 나는 한국에서 이미 한국 여행사를 통해 예약을 해 놓았다. 현지 여행사들보다는 조금 비싼 가격이긴 했지만, 나의 이번 남미 여행의 하이라이트이기 때문에 조금이라도 망치고 싶지 않아 돈이 아깝지 않았다. 시장에서 장을 다 본 후 여행사로 가서 일정 조율을 하고 쿠스코에서 모든 일정을 계획했다. 알차게 하루하루를 보낼 생각에 신이 났던 나는 첫날은 고산병으로 힘들 수 있으니 컨디션 조절을 위해 싱글 룸을 알아봤고 짐을 푼 뒤 한식당을 갔다. 한식당답게 한국인이 많았고 나는 오랜만에 한국 음식을 먹으며 쿠스코에서 판매하는 맥주도 마셨다.

그렇게 밥을 먹은 후, 어제 잠을 못 자서인지 피로가 몰려와 아이스크림을 사먹으며 이따 저녁 시간에 다시 나오기로 하고 숙소로 다시 돌아갔다. 도착하니 오후 4시였다. 많은 곳을 돌아다녔지만 아침 일찍 움직여서인지 시간이 얼마 안 되었다는 생각에 기분이 좋아졌고, 고산병을 걱정했는데 "고산병 별거 없네"라는 생각을 하며 잠시 침대에 누웠다. 그리고 눈을 떴을 때, 나는 내 눈을 의심했다.

현지 시간으로 5시였다. 그렇다, 오후 5시가 아닌 아침 5시였던 것이다.

"뭐야, 대체 내 12시간은 어디 간 거야!?"

생각하지 못한 좋은 일이 반복되는 순간. (+3일)

12시간을 자고 나니 컨디션이 좋았다. 아쉬운 만큼 오늘 하루도 아침 일찍부터 알차게 보내고 싶었다. 오후에는 쿠스코 시티 투어를 예약해뒀기 때문에 오전 중에 볼리비아 비자 발급을 끝내야만 했다. 한국에서도 알아봤지만 정보도 부족했고 난 비자 발급에 필요한 것들을 다 가져가질 못했다. 쿠스코 PC방을 경험할 겸 프린트도 하기 위해 밖으로 나섰다.

입구에서부터 상당히 허름해 보이는 PC방을 보자, 한국의 PC방을 상상하고 갔다면 실망을 넘어서 대한민국의 대단함을 다시 한번 실감할 것이라

생각했다. 발급에 필요한 서류를 신청하는데 네이버가 안 돼, 핸드폰과 컴퓨터를 둘 다 사용하며 2시간 넘게 헤맸다.

"이럴 줄 알았으면 한국에서 미리 좀 할 걸."

후회를 했지만 이미 늦은 일이었다. 도착 비자는 10만 원 이상의 돈이 든다는 것을 알았기에 아깝더라도 돈을 내야겠다 생각을 하였는데, 도착 비자도 돈만 있다고 나 되는 것은 아니라는 글을 보았다. 스페인어를 못하는 내가 괜히 아무런 비자 없이 도착 비자를 위해 가는 것 또한 위험할 수 있는 일이라 생각이 들었다. 비행기 값과 모든 일정을 고려했을 때 나는 여기서 이걸 꼭 성공해야만 했다. 온 신경과 생각을 비자 발급에 집중하였고 네이버가 되지 않아 gmail을 이용해가며 필요한 서류들을 준비했다. 그렇게 1시간이 더 지났을까? 마지막으로 서류를 모두 인쇄하였고 볼리비아 대사관에서 신청 또한 승인이 되어 인쇄를 할 수 있었다. 나는 바로 자료들을 준비한 뒤, 택시를 타고 볼리비아 대사관으로 갔다. 많은 한국인들이 먼저 와서 비자 발급 승인을 기다리고 있었고 내 차례가 되었을 때 자료를 내면서도 긴장이 되었다. 한 번에 승인이 되지 않아 여러 번 왔다 갔다 했다는 사례들을 보았을 때, 나는 한 번에 성공하길 바랐다. 그러는 도중 심사를 하는 사람은 나에게 자료가 하나 부족하다며 말을 걸었다.

"남미 in, out 티켓 복사본 말고 볼리비아 in, out 티켓 복사본은 어디 있니?"

"나는 남미만 있으면 되는 줄 알았어. 복사본은 준비 못 했는데 메일로 온 비행기 티켓을 보여줄게."

"아니. 그건 필요하지 않아. 우리에겐 복사된 자료가 필요하지."

"아······················."

그 순간 그는 웃으며 나에게 말했다.

"걱정 마. 이것은 없어도 승인이 될 수 있어."

밀당(?)을 당한 뒤 나는 안도의 한숨을 쉬었고 그렇게 좋은 분위기 속에서 비자를 발급 받았다. 까탈스럽고 어려울 수 있다는 글들을 많이 접했지만 생각보다 좋은 분위기 속에서 비자 발급을 받을 수 있었고 역시 모든 일에는 케바케라는 것을 다시 한번 실감했다. 비자를 받고 나니 돈도 아낄 수 있었고 자칫 볼리비아를 못 갈 뻔한, 생각만 해도 끔찍한 일이 해결되어서 정말 행복했다. 한국에서 미리 남미간 이동 비행기를 예약했기 때문에 계획이 조금이라도 틀어진다면 나에겐 아주 큰 타격이었고, 3주의 남미 배낭여행치고 무리한 일정을 소화하던 내가 큰 교훈을 얻는 순간이었다.

택시를 타고 다시 아르마스 광장으로 갔는데 군인과 경찰들이 모여 행사를 하고 있었다. 행사를 하길래 일단 구경을 했는데 생각보다 규모가 컸다. 나중에 무엇인가 하고 알아보니 국기의 날 행사였다고 한다. 국기의 날이란 유럽의 영향을 받은 나라들에서 국기를 기념하면서 호국선열에 대해 감사하는 날인데 페루는 칠레와의 전투인 아리카 전투와 알폰소 우가르떼 장군의 전사를 기념하기 위한 날이라고 한다.

행사를 보고 난 뒤 점심으로는 쿠스코에서 유명한 일식집을 갔다.
'페루에서 유명한 일식 요리라고?' 나처럼 의문이 드는 사람이 많겠지만 쿠스코는 고산지역이라 유명한 요리가 별로 없다고 했다. 그러다 보니 점점 다양한 나라의 음식을 파는 곳들이 많아졌고 다양한 나라 사람들이 남미 여행 중 길게 쉬기도 하며 다양한 나라의 음식들을 접할 수 있는 곳이기도 한다. 가츠동을 먹으며 페루에서 유명한 술인 피스코 샤워를 먹었는데 생각한 것보다 더 맛있었다. 단순히 술이라 하기에는 새콤달콤했고 이런 술이라면 끝없이 먹다가 취할 것만 같았다. 밥을 맛있게 먹고 있는데, 종업원이 나에게 와서 무언가를 요청했다. 내가 알아듣기에는 한국어로 맛있다는 표현을 적어달라는 것으로 생각하고 '맛있어요!'라고 적어주었더니 종업원은 당황하며 나에게 다시 설명을 해주었다. 알고 보니 '맛있어요'라는 말을 영어 발음으로 해서 적어달라 요청한 것이었고, 나는 이해한 후 웃으며 스펠링을 적어주었다. 종업원도 웃으며 "맛있..어요"라고 말을 하며 나에게 고맙다 했다. 나도 웃으며 "리꼬!(맛있다)"를 외쳤고 그렇게 밥을 먹는 순간에도 나에겐 재밌는 에피소드가 생겼다.

난 그 후 시티 투어를 하러 가는 시간보다 조금 이른 시간이어서 어제와 다른 시장에 잠깐 들러 쇼핑을 했다. 페루 글씨가 쓰여 있는 팔찌와 어제 산 마추픽추 모자인데 검은색이 있길래 바로 구매를 했다. 쇼핑을 하다 보니 어느덧 약속 시간이 다가왔고 나는 미리 가서 약속된 장소에서 기다리고 있었다. 시간이 지나 약속 시간을 넘었음에도 아무도 오지 않아 당황스러웠다. 유심 칩을 구매해서 카카오톡을 할 수 있었던 나는 바로 여행사에 연락을 했고 조치를 해주겠다는 답장이 왔다. 그러고 한 시간 정도가 지나서야 현지 가이드가 미안하다며 나를 데리러 왔다. 그는 영어를 아예 할 줄 몰랐기 때문에 우린 바디랭귀지를 사용하며 대화를 나누며 투어를 시작하였고 조금 늦긴 하였지만 이제 진짜 시작이라는 생각에 기분이 좋았다.

첫 번째 장소는 어제 내가 혼자 가본 태양의 신전 투어였기 때문에 나는 가이드에게 입구에서 기다려달라고 했고 가이드는 알겠다며 투어가 이제 곧 막바지이니 곧 돌아오겠다며 나에게 약속 시간을 알려주었다. 난 혼자 밖에서 사진도 찍으며 사람 구경을 하고 있었고, 그렇게 시간이 지나 약속 시간이 되었는데 그는 또 보이지 않았다. 30분이 넘어서도 그는 보이지 않았고 대체 이게 무슨 일인가 하고 나는 다시 한 번 여행사에 연락을 했다. 여행사에서 알아보니 그 짧은 순간에 나를 또 한 번 깜빡했다는 것이다. 화가 나기도 했지만 내가 화를 낸다고 뭐가 바뀌는 것은 아닐 테니 최대한 마음을 추스르기로 했다.

"진짜, 유심 칩 안 샀으면 오늘 하루도 날릴 뻔 했네."

가이드가 2번 놓고 간 것을 탓하기보단 유심 칩을 구매하기로 선택한 내 자신에게 감사함을 느끼기로 생각했다. 그렇게 30분이 지나서야 다른 가이드가 와서 사과하며 버스는 이미 떠났으니 다음 장소까지 택시로 데려다 주겠다고 했다. 택시를 타고 두 번째 장소에 도착했을 땐 이미 시간이 많이 남지 않은 상황이었고 아까운 마음에 나는 뛰어다니며 돌아다녔다.

아까 나를 두고 간 가이드는 나에게 미안하다며 점프까지 요청하면서 다양한 포즈의 사진들을 열정적으로 찍어주었다. 사진을 찍고 나니 아까 들었던 걱정과 스트레스가 사라졌고 기분이 좋았다. 나는 가이드에게 다시 한 번 잘 챙겨 달라고 부탁을 했고 그는 알겠다고 답했다. 그는 지금까지 스페인어로 설명했었는데 나를 위해 영어로 따로 설명을 해주겠다 하였다.

나의 시티 투어 그룹에는 30명 가량의 인원이 있었고 우린 다음 장소를 향해 움직였다. 다음 장소에 도착해 사람들이 모두 모였을 때, 가이드는 스페인어로 나를 소개했다. 사람들의 시선이 나에게 집중됐고 자세히는 알아들을 수 없었으나 유일한 동양인인 나를 잘 챙겨주자는 내용인 듯 했다. 두번이나 투어를 놓친 나에게 격려의 박수를 쳐주는 것인지 그들은 나에게 박수를 쳐주며 웃어주었다. 그중 콜롬비아 출신이라는 엄마와 두 딸인 가족 여행객들이 나에게 오더니 반갑게 인사를 해주었고 이번 투어에 함께하자고 말하는 것 같았다. 그들은 제스처로 계속 옆에 붙어 있으라 말했고 나도 번역 어플을 이용해가며 인사를 하고 이야기를 나눴다. 그들은 영어를 전혀 사용할 줄 모른다 하였고 언어는 잘 통하지 않았으나 우리는 서로를 신기해하며 반가워 했다. 가이드는 나에게 오더니 위스키 10잔을 먹은 기분이겠다며 농담을 던졌고 나는 이들이 나를 챙겨주는 게 감사하고 영광이라고 답했다. 투어를 하면서 우린 서로 사진을 찍어주기도 했고 넷이서 함께 기념사진도 많이 찍었다. 그 후로도 한 명씩 돌아가며 나와 기념사진을 찍었다. 그 가족은 동양인인 내가 상당히 신기했던 모양이다. 그들의 이름은 셸리, 루지, 리나이고 콜롬비아에서 페루로 여행을 온 것이라 했다. 서로 한 번에 알아 듣진 못 했으나 우린 최대한 노력하며 이야

기를 했고 그들과 나의 마추픽추 일정이 하루 차이라는 것을 알고 서로 상당히 아쉬워했다. 우린 함께 하는 동안 웃음이 끊이지 않았으며 서로에게 기념품도 선물했다. 나는 그들에게 한국을 상징하는 배지를 주었고, 한국에서 기념품을 미리 준비해가길 잘 했다는 생각을 했다. 투어를 하는 동안 가이드가 나에게 영어로 열심히 설명해주었으나 역시 다 알아듣기에는 힘들어 가이드 북을 보며 이해하려 노력했다.

모든 유적지가 웅장했던 것은 아니지만 옛날에 이런 유적지들이 이 높은 곳에 있었던 걸 상상하니 신기했다. 투어 자체만으로도 충분히 재미있었겠지만 소중한 인연들이 생겨 그들과 같이 투어를 할 수 있어서 재미와 감동이 더 깊었다. 페루에 와서 벌써 이렇게 많은 소중한 인연들이 생긴 것에 감사했다. 투어가 끝나고 우리는 서로 아쉬운 마음에 잘 지내라는 말과 함께 포옹을 했다. 우리가 또 만나는 날이 오기는 힘들겠지만 오늘의 추억은 평생 잊지 않을 것 같았다. 그렇게 나의 쿠스코 첫 투어는 상당히 스펙타클했지만 좋은 마음으로 끝이 났다.

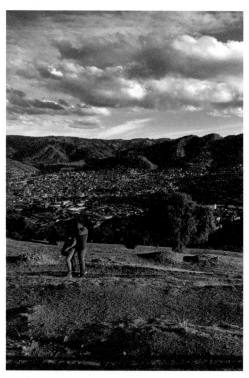

투어가 끝나니 저녁 늦은 시간이었고 어제 고산병의 여파로 제대로 끼니도 못 먹었더니 허기가 졌다. 그만큼 경비도 아꼈기 때문에 맛있고 조금 비싼 음식

을 먹을 수 있다고 생각했다. 페루에서 알파카의 고기가 유명하다길래 맛있는 곳을 검색했고 가격은 비싸긴 했으나 맛있다는 알파카 스테이크를 먹으러 갔다. 가게 앞에 도착한 후 들어가는 순간부터 분위기부터가 상당히 고급스럽고 좋아 보였다. 나를 제외하고 모든 손님들은 사랑하는 사람, 친구, 가족 등과 함께 저녁을 먹고 있었다. 이 좋은 곳에 나 혼자인 것이 조금은 아쉽고 외로웠지만 맛있는 음식과 맥주 한 잔을 곁들이니 행복함이 느껴졌고 피로도 사라지는 기분이었다. 한국에서도 혼자 자취를 오래 해서인지 가끔은 이런 혼자만의 시간도 참 소중하다는 것을 알았다. 귀여운 알파카들을 생각하니 조금은 미안했지만(?) 맛있는 저녁을 먹고 숙소에 돌아가 씻고 침대에 누웠다. 침대에 누워 오늘 하루 있었던 일들을 회상하며 오늘 하루도 참 길고 다양했다고 생각했다. 불안해 하고 행복해 한 걸 계속 반복해서인지, 앞으로 안 좋은 일이 있어도 너무 불안해 할 필요가 없다는 용기가 생겼다. 참 소중한 하루였고 함께한 인연들에게 감사하며 그렇게 오늘 하루도 끝이 났다.

행복이란 단어를 이럴 때 쓰는 걸까? (+4일)

오늘은 내가 남미에 온 이유이자 가장 기대한 마추픽추를 보러 가기 위해 출발하는 날이다. 가는 길에 쿠스코 근교 투어를 할 생각에 아침부터 신이 나 있었다. 한국 여행사에서 모두 예약했는데 동행이 구해지지 않아 아쉽게도 조금은 비싼 가격으로, 혼자 가야 한다고 했다. 그러나 나는 마추픽추를 보러 가는 것 자체가 행복이었기 때문에 이 날 만큼은 예산을 크게 신경 쓰지 않기로 했다. 택시를 타고 운전기사 겸 가이드인 마리오와 근교 투어를 시작했다. 페루 사람인 그는 나를 보자 웃으며 인사했고, 참 순박한 웃음을 가진 좋은 사람 같다는 인상을 주었다. 여행사 측에서 일하시는 분이 오늘 근교 투어를 함께 해주겠다 하여 한국어로 설명과 통역을 받을 수 있어서 더욱 좋았다.

택시를 타고 가는 길에 예쁜 곳이 있으면 언제든 말하라고 한 그는 잠시 쉴 수 있는 곳에 차를 멈췄다. 마리오는 나에게 사진을 찍어주겠다 했고 내가 쭈뼛쭈뼛 서 있자 웃으며 점프를 하라고 말했다. 나는 해발 3,800m라는 그 곳에서 멋진 점프샷 사진을 남길 수 있었다.

통역을 해주시는 분이 계셨기 때문에 자신감이 생긴 나는 마리오에게 말을 걸었다.

"마리오, 너도 뛰어봐. 내가 오늘 너의 사진을 같이 찍어줄게."

"나를 찍는다고? 가이드 생활하면서 내 사진을 찍어준다는 건 네가 처음이야."

"오늘 하루 우린 함께하는 친구잖아! 내가 SNS로 사진 보내줄게."

"고마워. 찍어줘."

"마리오, 그런 모습 말고 나에게 말한 것처럼 멋지게 점프해봐. 하나, 둘, 셋!"

우린 서로 멋진 점프샷 사진을 보며 감탄했고, 그렇게 짧은 시간 만에 친구
가 되었다. 사진을 찍고 조금 돌아보니 귀여운 알파카가 보였고 사진을 찍
으려면 동전을 지불해야 한다고 했다. 페루에서 알파카와 사진은 꼭 찍겠
다고 생각했기 때문에 동전을 지불하고 사진을 찍기로 하였다. 마리오가
사진을 2장 찍어주었는데 함박웃음을 지으며 나를 향해 엄지손가락을 치
켜세웠다. 우습게 나왔다는 걸 직감한 나는 사진을 살펴보았다. 한 장은 내
가 라마 볼에 뽀뽀를 하려는 모습이고 다른 한 장은 그에 보답이라도 하려
는 듯이 알파카가 나의 볼에 뽀뽀를 하려는 모습이었다.

아직도 이 사진을 보고 있으면 그때의 상황이 떠오르며 웃음이 나오곤 한다.

TV와 책에서만 보던 모라이, 살리나스라는 유적지를 보는 순간 감탄이 연신 나왔다. 실제로 보니 더욱 경이로웠고 한국어로 유적지에 대한 설명도 자세히 들으니 더욱 신기하고 좋았다. 살리나스는 산에 있는 소금 염전이다. 살리나스를 보며 신기해 하고 있는데 마리오가 주차를 하고 갈 테니 먼저 가서 구경하고 있으라 하였고 나는 혼자 주변을 구경하며 마리오를 기다렸다.

소금 염전을 구경하면서 여기서 판매하는 소금을 구매하려고 했는데 하도 많길래 일단 마리오가 오기를 기다리고 있었다. 조금 더 기다리다 보니 마리오가 뛰어왔고 우린 반갑게 서로를 확인했다.

"마리오! 여기야."

"재석, 많이 기다렸지. 우리 또 사진 찍자."

우린 그렇게 또 서로의 사진을 남겨주었고, 어느새 구경을 다 하고 나가려
했다.

"마리오, 나 소금 살 거야. 근데 저쪽에서 하나에 15솔이래."

"안 돼, 안 돼. 여기서 사면 너무 비싸. 출구 밖에서 사."

"아, 진짜? 미리 샀으면 큰일날 뻔했네."

그렇게 마리오가 말한 대로 출구 밖으로 나가자, 같은 크기였지만 훨씬 저
렴한 가격에 소금을 구매할 수 있었다. 난 소금을 여러 개 구매했고 마리오
는 과자를 사서 나에게 같이 먹자며 나누어 주었다.

그 후 우린 배가 고파 현지식 뷔페집으로 갔고, 신이 난 나는 여러 가지 음식을 가져왔다. 내 입맛에 맞는 음식도 많았지만 고수향이 강해서 입맛에 맞지 않는 음식 또한 많았다. 그래도 배가 고파서인지, 뷔페라서인지 많은 양의 음식을 먹었고, 먹으면서 마리오와 대화를 계속 이어갔다.

"재석, 너는 한국에 사랑하는 부인이 있니?"

"하… 부인? 나는 여자친구도 없어."

"페루는 조금 일찍 결혼하는 편이야. 나는 3개월 후 아기가 태어나."

"헐, 정말? 너무 축하해. 멋지다."

"이제 더 열심히 일해야 돼. 많이 일하려고."

"한국이나 페루나 가장이 된다는 건 열심히 일을 해야 하나 봐.. 하하.. 힘내자."

우린 그렇게 정말 친구처럼 사소하고 좋은 이야기도 많이 하며 더욱 친해졌고 어느덧 오늘의 근교 투어 마지막 행선지인 오야타이 탐보에 도착했다. 이곳은 스페인 군과 잉카 군의 마지막 격전지라 했다. 꽤 높고 웅장한 성벽을 보자 빨리 올라가서 경치를 내려다보고 싶었다. 마리오는 나에게 도저히 갈 수가 없다며 이번에는 혼자 다녀오라 했고 나는 운전하느라 고생한 마리오의 마음이 이해가 갔기 때문에 흔쾌히 수락했다. 계단을 오르면서 경치를 감상하는데 페루인 학생이 다가와 서로 사진을 찍어주자며 말을 걸었고 난 흔쾌히 수락하고 사진을 찍어주었다. 마리오가 없어서 사진을 많이 못 찍을 것이라 생각했으나 그 친구와 함께하면서 서로의 사진을 많이 찍어주었다. 물론 사진을 위해 여행을 가는 것은 아니지만 나중에 언제든 돌이켜 볼 때는 사진이 정말 중요하다고 생각하는 나는, 이렇게 많은 사진들을 남길 수 있어서 정말 좋았다. 그렇게 오야타이 탐보를 다 구경하고 난 후 기차를 타기 위해 가는 길에 마리오가 잠깐 차를 세우더니 절벽 위를 손가락으로 가리켰다. 나는 "뭐지?"하고 그쪽을 쳐다봤고 그쪽엔 SNS에서 많이 보던 절벽 위 캡슐 호텔이 있었다. 그곳은 너무 아찔해 보였고 가격도 가격이지만 예약하기도 힘들고 저 곳까지 직접 올라가는 것 또한 일이라고 말했다. 페루에는 참 여러모로 신기한 게 많았다.

기차를 타는 곳에 도착한 후 기차를 타기 전 마리오와 작별 인사를 했고 마리오는 내일 여기로 다시 오겠다며 다른 데 가지 말고 꼭 여기서 기다리라고 신신당부를 했다. 인사를 하고 나는 기차에 탑승했다. 기차에 탑승해 앉았는데 정말 행복했다. 오늘 하루 있었던 일들이 꿈만 같았고 내일이 되면 정말 마추픽추를 볼 수 있다는 생각에 웃음만 나왔다. 기차 타고 가는 그 길은 산이 많았고 물도 흐르고 있었는데 마치 영화에 나오는 곳처럼 아름다웠다. 그렇게 창 밖을 보며 신기해 하고 웃기를 반복하는 나에게 앞에 앉아 있던 중년부부가 말을 걸어 왔다.

"너 어디 나라 사람이니?"

"나는 한국에서 왔는데 당신들은 어디서 왔나요?"

"우린 프랑스에서 온 부부야."

"저는 혼자여도 이렇게 행복한데 사랑하는 사람과 함께 여길 오다니 정말 부럽네요."

"우린 젊을 때 혼자 여길 올 수 있는 너의 용기가 부럽고 멋있는 걸?"

우린 그렇게 대화를 나눴고 우리의 수다는 끝이 나질 않았다. 중년 아저씨는 나에게 웨딩 사진을 보여줬다. 그 뒤로도 프랑스에 있는 54년 된 오래된 오토바이와 젊은 시절 장교생활 하던 사진을 나에게 자랑스럽게 보여주며 이야기를 해주었다. 이에 질세라 나도 사진으로는 지지 않는다며 마라톤 풀코스 완주 사진, 군 시절 사진, 바디 프로필 사진 등등을 자랑했고 그 부부는 놀라기도 하며 나에게 칭찬을 계속해주었다. 우린 그렇게 주거니 받거니 사진과 추억을 공유했고 서로 칭찬을 아끼지 않았다. 이런 사진을 다른 누군가에게 보여주며 공유한다는 것이 행복했고, 사진의 소중함을 다시 한번 느낄 수 있었다. 어느덧 목적지에 도착했고 우린 내일 즐거운 여행이 되자며 아쉬운 마음을 뒤로하고 헤어졌다. 기차역에서는 여행사에서 미리 예약해준 숙소의 직원이 나를 마중 나왔고, 그를 따라가 숙소에 도착하여 짐을 풀었다. 배낭은 쿠스코에 두고 와서 기본적인 짐만 있었는데, 속옷은 챙겼으나 여벌 옷은 가져오지 못했다. 이것 또한 배낭 여행의 낭만이겠거니 생각하고 마음을 조금 놓았다. 나는 밖으로 나가 내일 마추픽추로 가는 버스티켓을 구매하기 위해 한참을 돌아다녔다. 길에 지나가는 사람들에게 묻고 물어가다 도저히 찾을 수 없어서 여행객을 위한 인포메이션이 보여 그쪽에 물어보니 가깝다며 친절하게도 나를 데려다 주었다. 그렇게 버스티켓 왕복권을 구매했다. 마을을 조금 더 구경하다가 숙소로 돌아가려 했으나 올 때 헤매서인지 한 시간 가까이 숙소를 찾지 못했고 지도 어플을 아무리 보아도 내가 어디에 있는지 가늠하기 힘들었다. 엎친 데 덮

친 격으로 핸드폰 데이터가 터지지 않아 헤매고 헤매다 겨우 숙소를 찾았
고 내 영혼은 이미 서울에 가 있었다. 방으로 올라가는 길에 한국인들의 말
소리가 들린 것 같았으나 이미 내 영혼은 몸 밖으로 나가있는 상태였기 때
문에 빨리 침대에 눕고 싶다는 생각뿐이었다. 방에서 씻고 내일 아침에 몇
시에 일어날까 고민에 빠졌다. 마지막에 길을 조금 헤매서 정신이 없었지
만, 오늘 하루가 이렇게 마무리 되었어노 성발 행복한 하루었고 인생에서
가장 행복한 날 중 하나로 손꼽혔을 것이다. 하지만 나의 행복과 행운은 이
대로 끝나지 않았다. 나는 물을 사기 위해 1층 로비로 갔는데 한국인 두 명
이 있었다. 커플로 보였던 그들은 무언가 심각하게 보고 있었고 나는 방해
될까 조심스러웠다. 그때 한국인 남자 분인 재만이 형이 나에게 먼저 반갑
게 인사를 건네주었다. 한국 사람이냐고 물었고 우린 혼자 왔냐 등등 몇 마
디를 주고받았다. 정말 감사하게도 재만이 형은 나에게 동행이 없으면 내
일 함께하자고 말을 해주었다. 나는 정말 감사했고 형은 내일 버스는 새벽
에 첫차가 있지만 줄이 엄청 길 테니 일찍 가야 한다고 말해주었다. 조식을
먹고 가면 늦을 것 같아 숙소에서 일하시는 분에게 일찍 달라고 미리 말을
해 놓았으니 내일 같이 간단하게 조식을 먹고 가자고 했다. 형은 내가 봤을
때 참 유창한 스페인어를 했고 남자가 봐도 참 멋있어 보였다. 그 옆에 있
던 유미 씨는 여권을 도난당해서 그 일을 해결하는 중이라 심각한 것이라
고 말해주던 그들은 나에게 잠깐이라도 좀 쉬라고 했다. 우린 잠시 후에 볼
것을 약속했고 나는 숙소에서 마추픽추 정보를 자세히 검색해 보며 잠깐
눈을 붙였다. 이렇게 나는 또 한 번 소중한 인연을 만났고 내일은 이 소중
한 사람들과 재밌는 마추픽추 투어를 함께할 수 있다는 생각에 나의 행복
은 더해졌다.

최고의 장소 마추픽추에서 최고의 동행과 함께 (+5일)

눈을 뜨자마자, 전날에 몸이 피로하고 짧게 잤는데도 행복하기 때문에 아침에 일어나는 게 힘들지가 않은 것이 신기하다고 생각했다. 나는 준비를 다 하고 약속 시간에 맞춰 조식을 먹으러 갔다. 나의 동행은 유미, 은별, 재만 이 세 사람으로, 외대 스페인어를 전공하는 학생들이었는데 멕시코에서 인턴 및 교환 학생으로 왔다가 페루, 볼리비아 여행을 온 것이라 하였다. 처음 보는 내가 불편할 수도 있을 텐데 누구 하나 빠짐 없이 나에게 말도 많이 건네주고 반가워 해주었다. 조식을 먹으며 재만이 형이 장난치는 모습도 보고 하니 우린 좀 더 빠르게 친해졌고 유쾌한 분위기였다. 조식을 다 먹고 난 후 버스를 기다리면서도, 버스를 타고 마추픽추를 보러 가는 길에서도 우린 수다를 떨었다. 나는 마추픽추를 보는 것이 이 여행의 전부라고 생각할 정도로 기대했으나 어느새 나는 이들에게 집중하고 있었다. 그들은 가이드가 있었으나 나는 없었고, 자연스럽게 그들을 따라다녔다. 마추픽추에 도착하여 그곳에서 보는 일출은 정말 아름답고 눈이 부셨다. 마추픽추는 아침에 날씨가 안 좋은 날이 많아 일출이 안 보일 때도 많고 오후까지 안 좋을 때도 있다고 하였지만 그날만큼은 구름이 거의 없을 정도로 하늘이 맑았다.

아름다운 일출을 다 보고 가이드와 함께 마추픽추 투어를 시작하였고 내가 알아듣지 못하는 말들을 통역해주는 그들이 너무 멋있어 보였다. 재만이 형은 은별 씨와 유미 씨가 자기보다 스페인어를 잘 하니 저 친구들의 말을 들으면 된다 하였고 그들은 나에게 열심히 설명해주었다. 귀찮을 법도한데 동행인 나를 계속해서 챙겨주고 데려가 주는 것이 계속해서 감사할 따름이었다. 가이드의 설명이 끝나고 우린 자유시간을 가졌고 서로 사진도 찍어주기도 하고 단체 사진도 남기며 웃음이 끊이지 않을 만큼 즐거운 시간이었다. 참, 마추픽추의 모습은 내가 생각한 것보다 훨씬 나를 감동시킬 정도로 아름다웠다. 최고의 장소, 최고의 날씨, 그리고 상상도 못한 최고의 동행이 함께하니 여기가 바로 천국인 듯했다. 우린 그렇게 즐거운 마추픽추 관람을 끝내고 나는 기차를 타고, 그들은 버스를 타고 이동해야 했다. 기차를 타기 위해 마추픽추에서 마을까지 가는 버스

티켓을 나는 미리 구매했지만 그들은 안 했기 때문에 걸어가기로 계획했다 하였다. 나는 그들과 함께 이야기를 하고 조금 더 많은 추억을 쌓고 싶어서 버스를 포기하고 같이 걸어가자 했다. 그들은 나에게 버스티켓이 아깝지 않냐고 물었지만 걷는 것도 좋아하는 나는 오히려 함께 걸어가면서 이야기를 하고 새로운 추억을 쌓는 것이 더 큰 행복하고 가치가 있을 것 같았다. 재만이 형은 유머러스한 장난도 잘 치는 참 좋은 사람이었다. 내려오면서 우린 샌드위치를 먹기도 하고 군대 이야기, 주량 등등 한국에 있었던 일들을 이야기하며 시간 가는 줄 모르고 걸어갔다. 내려가는 길에 느낀 거

지만 남자인 우리와 비슷한 체력을 가진 듯한 유미 씨와 은별 씨도 참 대단 하다는 생각이 들었다. "참 짧은 시간을 함께했지만 왜 이렇게 정이 많이 들었을까?" 이제 곧 헤어진다는 것이 무척 아쉬웠다. 낯설고 머나먼 이 땅 에서 이렇게 처음 본 사람들과 짧은 시간에 거리낌 없이 친하게 지낼 수 있 다는 것이 신기했다. 참 신기하게도 우린 내일 비니쿤카의 일정도 같았기 때문에 투어사는 다르지만 우연이라도 볼 수 있길 바랐고 그렇게 우린 너 무나 아쉬운 작별 인사를 했다. 지금 생각해봐도 마추픽추는 나에게 실망 감을 주지 않은 최고의 장소임에는 변함이 없다. 마추픽추에서 찍은 사진 을 내 배경 사진에 해놓는 것이 버킷리스트였던 만큼 마추픽추는 나에게 남미 여행의 전부였다. 그럼에도 나는 마추픽추 이야기를 하면 그 장소에 대한 이야기보다 동행 이야기를 더욱 많이 한다. 이게 인연인 것 같다며 여 행 다녀와서도 그들의 이야기는 내 입에서 쉴 새 없이 나왔다. 외모 뿐만 아니라 외국어 실력이며 마음가짐도 훌륭했던 재만이 형, 유미, 은별 이 세 사람은 멕시코에서 멋지게 지내던 사람들이며 나에게 참 많은 반성을 하 게 하고 배움을 준 소중한 인연들이다. "하루 봤다고 뭐 그렇게까지 생각할 수 있냐?"라고 생각이 드는 사람도 물론 있겠지만 그만큼 진심이 통하고 좋은 사람임에는 확실하고 내가 평생 잊지 못할 동행이었던 것 또한 확실 하다. 이 사람들 이야기는 내가 아직도 하고 있고 이 책에서도 조금은 짧게 이야기했지만 나에겐 그 순간 있었던 많은 대화들과 상황이 잊혀지지 않 는다.

이런 감사함과 아쉬움을 뒤로하고 나는 기차를 탑승했다. 마추픽추의 여운이 가시질 않았을까, 나는 멍 때리고 앉아 있었다. 그때 누군가가 내 팔을 쳤고 나는 "뭐지?"하고 옆을 쳐다봤다. 정말 거짓말 같이, 아니, 영화의 한 장면 같이 어제 나와 함께 한 시간 가까이 이야기했던 프랑스 중년 부부였다. 우린 곧바로 반가움의 포옹을 했고 서로 믿기지 않는다며 같은 시간, 바로 앞 좌석에 앉은 것을 신기해 하며 웃었다. 기차가 출발하자 우린 마추픽추에서의 사진을 서로 보여줬고 어제 만나게 된 한국인 친구들도 자랑했다.

"이거 봐요, 어제 만나 함께한 한국인 친구들이에요."

"한국에서 알던 친구들을 만났다고? 여기서?"

"아니요. 이들은 어제 처음 본 사이고 나의 새로운 친구들이에요. 이 친구들은 너무 좋은 사람들이고 나는 너무 행복했어요."

"너는 참 좋은 사람인 것 같아서 좋은 사람과 함께하는 재주가 있나 봐. 물론 우리도 그렇고. 하하."

"하하하. 감사해요!"

우린 그 후로도 서로 간식도 챙겨주며 이야기를 계속해서 이어나갔다. 어느덧 종착역에 거의 도착했을 때, 기차에서 초콜릿과 차를 주었는데 차의 받침에 그 남성은 무언가 열심히 적었다. 무엇인가 보니 그 남성의 페이스북 이름과 함께 웃음이 그려져 있었다. 그렇게 난 또 다시 소중한 인연을 선물 받았다. 나는 그에게 페이스북 친구 추가를 하겠다 약속했고 우리가 앞으로 직접 보지 못하더라도 서로의 일상을 공유하고 안부를 묻기로 했다. 그들은 나의 사진을 남기고 싶다며 DSLR카메라로 나를 찍어주었다.

"하나, 둘, 셋, 치즈!"

그의 카메라에 찍힌 나의 모습은 세상 누구보다 행복하고 환한 웃음을 짓고 있었다.

"나도 당신들의 사진을 남기고 싶네요."

나 또한 그들의 사진을 찍었고 그들의 모습은 참으로 행복하고 아름다워 보였다. 나도 나중에 꼭 사랑하는 사람과 함께 저 부부처럼 행복하게 여행하겠다 다짐했다. 우린 그렇게 아쉬운 작별인사를 했다.

기차에 내린 후 약속된 장소에 가니 마리오가 웃으며 날 반겨주었다.
"마추픽추 좋았어?"
"행복 그 자체였어. 마추픽추도, 거기서 만난 소중한 인연들도 모두."
우린 그렇게 차를 타고 쿠스코를 향해 갔다. 가는 길에 해가 지는 석양이 눈부시고 아름다웠다.

"마리오, 쿠스코는 너무 아름답다."

"최고지?"

"응, 그리고 너는 이곳의 베스트 드라이버야."

"하하하. 고마워, 너도 운전할 줄 알아?"

"그럼, 나 운전 좋아해. 국제 운전 면허증도 있는 걸?"

"오, 그래? 그러면 네가 짧게라도 운전해볼래?"

"노노노, 안 돼. 난 쿠스코에는 무사히 가고 싶어!"

우린 그렇게 대화를 나누며 쿠스코에 도착하였다.

"마리오, 수고 많았어. 우리 함께 사진 찍자."

"좋아, 이것도 꼭 보내줘!"

우린 사진을 찍었고 그렇게 아쉬운 작별 인사를 했다.

"마리오, 다음에 나 사랑하는 사람과 쿠스코에 오면 그때도 네가 가이드 해
줘. 고마웠어. 나의 친구 마리오!"

행복한 만남이 있으면 역시 아쉬운 이별이 있는 법, 오늘 참 많은 소중한
인연들을 만났고 아쉬운 이별이 있었다. 최고의 장소에 내가 갔다는 것, 그
곳에서 소중한 인연들과 함께 추억이 생겼다는 것이 너무 행복했다.

남미에서 여행을 하다 보니 난 감사함과 행복함을 매일 느끼는 것 같다.

꿈만 같았던 쿠스코의 마지막 일정
무지개산, 비니쿤카 (+6일)

비니쿤카, 무지개 산은 사람들에게 알려지기 시작한 시기가 3년도 안 됐다고 한다. 해발 5,000m에 이르고 산 정상이 눈에 덮여 있었기 때문에 발견할 수 없었다는데 최근 지구 온난화 현상으로 인해 눈이 녹아, 보이기 시작했다는 것이다. 아름다운 산을 볼 수 있다는 것이 좋으면서도 지구 온난화 현상이 심해지는 것 같아 마냥 좋아할 수도 없는 것 같다.

비니쿤카 일정은 새벽 일찍 시작하기 때문에 난 아주 잠깐 눈을 붙이고 일어났다. 여행을 하며 만난 사람들도, 여행사 직원 분들도 짧은 여행기간이기 때문에 너무 무리한 일정이라 나를 걱정해 주시는 분들이 많았다. 비니쿤카 같은 경우도 고산병 증세가 심하게 날 수 있고 힘든 트레킹일 것이라 말했지만 내가 남미에 올 수 있게 한 자신감 중 하나를 꼽으라면 체력이었기 때문에 크게 걱정하지 않았다. "마라톤 풀코스 완주와 마라톤 대회 입상도 했는데 이쯤이야!" 난 그렇게 오늘도 힘차게 시작했다. 오늘은 한국 여행사에 일하시는 상철 씨도 비니쿤카에 가고 싶었다며 나의 동행이 되었다. 우린 피곤했는지 버스에서 끊임 없이 잤고 식사 시간이 되어 일어났을 때 외국인 친구들과 대화를 나눴다. 캐나다, 프랑스, 미국 등등 많은 국적의 사람이 함께했고 나와 나란히 앉아서인지 유독 기억이 확실히 나는 외국인 친구가 두 명 있었다. 자는 사이에 휴대폰을 떨어트려 의자 뒤로 넘어가 안절부절 못하고 있을 때 캐나다와 미국인 친구가 자기 일처럼 나를 도와

주었다. 외모부터 배우 느낌이 풍겼던 미국 친구는 성격이 정말 좋았다. 유쾌하고 목소리도 가장 컸던 캐나다 친구는 워낙 말을 잘해서 국적을 막론하고 모든 사람이 그의 이야기에 집중하고 웃음을 지었다. 마치 유재석처럼(나일 수도(?) 있고, 연예인 유느님일 수도 있겠다.) 이야기를 주도하고 진행을 하는 사람이었다. 캐나다 친구는 요리사로 일하다 1년 넘게 세계여행을 하고 있다고 했고 그는 아시아에서 샀다는 나무 팬더 목걸이를 보여주었고 그 목걸이에 이름도 있다며 자기에게 행운을 가져다 주는 친구라고 소개까지 하는 유별난 친구였다. 우린 그렇게 밥을 먹으며 수다를 떨었고 다시 비니쿤카를 향해 출발했다. 목적지에 도착하니 생각보다 많은 미니버스에 놀랐다. 미리 와 있는 버스들을 보며 혹시 재만이 형과 유미, 은별 씨도 먼저 올라갔을까 라는 생각이 들었다. 트레킹을 시작하기 전 가이드가 체력이 부족한 사람은 꼭 말을 타라 했지만 말을 타는 비용도 비쌀 뿐더러 나의 자존심을 지키기 위해(?) 말은 절대 타지 않겠다 다짐했다. 그렇게 나는 무작정 걸었다. 누구보다 빠르게 오르기 위해 가볍게 뛰는 여유도 부렸으며 생각한 것보단 힘들지 않았다. 당연히 무작정 빠르게 올라가려 한 이유 중 하나도 재만이 형, 유미, 은별을 볼 수 있을까라는 생각이 들었기 때문이다. 아름다운 산과 경치를 감상하며 혹시나 여기 있나 하는 마음에 난 계속해서 두리번거렸다. 그렇게 올라가다 보니 난 정말 빠르게 올라갔고 우리의 미니버스에 있었던 동행들은 뒤를 봐도 안 보일 정도로 멀리 왔다. 유일하게 캐나다 친구와 함께했는데 그 친구가 말을 걸었다.

"재석, 난 안 되겠어, 좀 쉬다 갈래."

"아니! 우린 할 수 있어. 이럴 때일수록 더 뛰자!"

"도저히.. 안 돼. 먼저 정상에 가서 즐기고 있어."

"알겠어. 정상에서 보자!"

난 그 말을 하고 더 빠르게 걸었고 정상에 오를수록 숨이 가빠졌다. 그렇게 조금 숨이 찰 때쯤 정상이 보이기 시작했다. 난 그렇게 계속해서 산을 올랐고 드디어 정상에 도착했다. 해발 5,000m 이상에 온 것 또한 살면서 처음이었고 고도가 높아서 정상은 생각보다 훨씬 춥고 바람이 강해 모자가 날아갈 것 같았다. 춥긴 하였으나 오늘 또한 날씨가 너무 좋았고 햇빛은 너무 강렬해서 짧은 시간이었지만 손등이 까맣게 타버렸다.

정상의 모습은 내가 생각한 것 이상으로 아름다웠다. 왜 무지개 산이라 불리는지 산의 색이 너무 아름다웠다. 대자연의 위대함에 다시 한번 말을 잇지 못했다. 그 뒤로 상철 씨와 캐나다 친구가 도착했고 우린 서로 기념 사진을 찍어주며 신나게 놀았다. 나는 사진을 찍어주면서도 계속 한국인들은 없나 하고 주위를 둘러봤지만 그들은 보이지 않아 아쉬웠다. 아쉬움이 컸지만 정상에서 바로 보는 이중적인 모습의 산의 아름다움에 매료되어 있었다. 한쪽은 무지개 산, 다른 한쪽은 만년설이 있는 산이 보였다.

그렇게 사진을 찍고 나서 상철 씨와 나는 휴식을 충분히 취한 후, 너무 추워 하산을 하기로 했다. 하산을 하는 도중에도 계속 주위를 둘러봤지만 역시나 그들은 보이지 않았다. 그렇게 계속 가다 중간쯤이었을까? 저 멀리서 익숙한 3명이 보였다. 그렇다, 그 사람들은 재만, 유미, 은별이었고 재만이 형과 나는 친형제라 해도 믿을 정도로 반갑게 손을 흔들며 뛰어갔다. 우린 말을 하기 전에 깊은 포옹을 먼저 나눴고 하루밖에 안됐지만 어제 잘 들어갔냐는 말로 시작해서 서로의 안부를 물었다. 은별 씨와 유미 씨는 우리를 보면서 누가 보면 사귀는 사이인 줄 알겠다며 웃었다.

"진짜 오르고 내려가는 길에 얼마나 찾았는지 몰라요. 진짜 너무 반가워요."

"우리도 어제부터 오늘까지 계속 재석 씨 이야기했어요."

"정상 얼마 안 남았으니깐 조금만 더 힘내세요! 우리 한국 가면 다 같이 꼭 봐요."

우린 비니쿤카에서 다 같이 기념 사진도 찍었고 그렇게 짧은 만남이었지만 아쉬운 마음을 뒤로하고 헤어졌다. 사람 인연이란 것이 이렇게 신기하고 소중하다는 것을 머나먼 땅 이곳 페루에서 다시 한 번 실감했다. 내려가는 길에 상철 씨와 이야기를 하는데 올라갈 땐 힘들어서 말을 못해서인지 서로에 대한 이야기를 많이 했다.

"진짜 서로 반가워하는 게 느껴져요. 신기하네요."

"저도 신기해요. 너무 반갑고 여행 와서 이런 소중한 인연이 생겼네요."

그가 봐도 우린 정말 반가워하는 게 느껴졌다고 말했다. 그는 타국에서 돈을 벌면서 생활도 하고 여행을 하고 있다고 했다. 그런 용기와 생활이 부럽기도 하며 나 또한 그러고 싶다는 생각이 들었다. 나도 한국에 가면 꼭 외국어 공부를 열심히 해서 해외에서 생활해봐야겠다고 다짐했다.

비니쿤카 입구가 보이기 시작했고 상철 씨는 컨디션이 안 좋아 차에서 대기한다고 했다. 버스에 오르자, 우리가 첫 번째로 하산한 사람들이었고 나는 아쉬운 마음에 출구에서 그들이 내려오는가 하고 기다렸다. 우리 버스 일행들이 하나 둘 내려오기 시작했고 출발할 때가 되어 아쉽지만 쿠스코로 출발하였다. 버스 내부에서는 다들 힘이 들었는지 말을 거의 안 했고 잠을 자며 조용히 갔다. 쿠스코에 도착해서 오늘 함께한 일행들과 작별 인사를 나누고 상철 씨와 한국 투어사 직원 분들과도 작별 인사를 나눴다. 짧은 나의 페루 일정은 이렇게 끝이 났다. 펍을 가거나 밖을 돌아보기엔 몸이 너무 지쳤고 나 혼자 생각도 할 겸 기분 좋게 마지막 밤을 보내고 싶어서 피자와 맥주를 종류별로 사서 숙소로 갔다. 쿠스케냐라는 맥주는 맥주를 사랑하는 나에게 딱 맞았고 혼자지만 외롭기보다는 행복했다. 한국인뿐 아니라 외국인의 친구들도 많이 만들게 되었고 내가 가장 오고 싶어하는 장소를 갔다 온 것이 뿌듯했다. 페루에서 찍은 사진들을 보는데 일주일도 안 되는 시간이었지만 나에게 가장 값지고 소중한 나날들에는 틀림없었다. 페루에 있었던 일들과 소중한 인연들을 회상하며 오늘 난 가장 달콤한 잠을 잤다.

볼리비아

죽기 전 꼭 가야 하는 그곳 우유니에 가다 (+7일)

남미 여행을 계획했을 때, 그리고 페루에서도, 난 우유니에 대한 기대가 거의 없었다. 아니, 정말 1%도 없었다. 책에서 읽었을 때 지금은 우유니가 건기여서 물이 안 차오를 때가 많다고 쓰여있는 것을 봐서인지 우리가 흔히 보는 반영되는 모습을 볼 수 없을 것이라 생각했기 때문이다. 그렇게 알고 있어서 과연 우유니 소금 사막을 보는 게 감동적일까? 라는 의문이 들었다. 그런데 내가 남미 여행을 간다고 할 때 지인들 대부분이 우유니 소금 사막을 가는 것을 부러워했고, 그런 말을 들을 때마다 나는 지금 건기라 큰 감흥이 없을 것 같다고 말하곤 했다. 그 후 내가 알아 본 것 중 하나가 2박 3일 투어로 칠레-아타카마까지 가는 투어가 있다는 것을 알았고 그것에 관심이 있었다. 볼리비아에 대한 정보가 많지 않아 한국에서 구체적인 계획은 하지 않고 큰 틀만 잡았고 일단 우유니 마을로 가서 직접 알아보기로 했다. 비행기표만 미리 구매했을 뿐, 오늘부터 하는 일들은 즉흥적인 것이 대부분이었다.

우유니를 가기 위해선 반드시 볼리비아의 라파즈에서 경유해야 했다. 쿠스코에서 라파즈까지 큰 사건 없이 무사히 도착하였고 시간이 애매해서 택시 타고 라파즈 시장이나 다녀올까 고민했으나 그 정도로 가보고 싶진 않아서 공항 내에서 햄버거도 먹고 안마 의자도 하며 푹 쉬었다. 생각보다 공항이 깔끔하였고 한국 기업의 전자 제품들이 참 많이 보였다. 한국 전자제품이 세계적으로 유명하다는 것을 알고 있었으나 이렇게 머나먼 나라의 공항까지 도배가 되어있는 걸 보자 대한민국의 기술력이 대단하다고 느껴졌다. 그렇게 공항에서 시간을 보낸 후 라파즈에서 우유니를 가는 비행기를 탑승했는데 크기가 경비행기 수준이라 당황스러웠다. 가는 길에 비행기가 많이 흔들리기도 해서 걱정했으나 무사히 우유니 공항에 도착했다. 공항이라 하기에는 귀신이 나올 듯 허름하고 작았으며 심지어 수화물을 공항직원이 일일이 날라 주는 수작업에 다시 한 번 놀랐다.

그렇게 내 배낭을 받아서 공항에서 택시를 타고 우유니 마을로 갔는데 신기하게도 여기 택시 비용은 인원 수에 상관없이 1인당 같은 금액을 내야 했다. 그래서 그곳에서 알게 된 한국인 두 분이랑 같이 택시를 탔지만 3명이라 해서 택시비를 아끼진 못했다. 마을에 도착했을 때는 늦은 저녁 시간이어서 참 조용하고 사람도 없었다. 숙소는 미리 예약하지 않았는데, 페루에서 만난 재만이 형이 지금 우유니는 너무 춥다며 조금 비싸긴 하지만 조식도 잘 나오고 난방이 잘 되어있는 숙소를 추천해주었다. 인터넷으로 예약하는 것보다 직접 가서 잡는 게 더 저렴하다는 말에 일단 숙소로 갔다. 직원은 영어를 전혀 할 줄 몰랐고 난 싱글 룸에서 3일을 지낼 거라고 말했다. 파파고 어플 번역을 사용하며 소통했으나 우린 말이 잘 통하지 않았다. 직원은 가격은 인터넷에서 본 그대로라 했고 숙소 값이 꽤 많이 나올 것으로 예상했지만 그렇다 하더라도 부담스러운 가격이었다. 난 할인을 해달라 부탁했고 그 직원은 주인에게 연락해보겠다며 전화를 하며 나에게 얼마나 원하는지 물었다. 내가 부른 가격은 어림도 없었는지 그는 안 된다 했으나 재만이 형이 알려준 팁이 "친구도 여기서 잤는데 그 친구는 이보다 싸게 잤었다"라고 말하면 좀 더 깎아 줄 것이라고 했던 말이 떠올랐다. 어플을 이용하여 그 말을 하니 그 남자는 웃으며 알겠다고 하며 3일을 지내는데 2일치 가격까지 깎아주었다. 속으로 난 "응..? 아까 내가 깎아달라 한 가격보다 훨씬 저렴하잖아..?"라고 생각했지만 뭐 싸면 됐지 하고 30-40분 간의 흥정 싸움에서 승리했다. 흥정에는 자신이 없었기에 페루에서 택시가격 흥정도 잘 못했던 내가 흥정이란 전투에서 첫 승전보를 울리는 순간이었다. 그렇게 방에 가서 짐을 풀었고 늦은 시간이긴 했으나 투어에 대한 정보도 하나도 없고 짧은 시간이 주어졌기 때문에 조금이라도 시간을 아껴보고자 밖을 나갔다.

한국에서 유명하다는 투어사가 있는 곳을 찾아가려 했으나 저녁이라 모든 가게가 불이 꺼져있었기 때문에 길을 조금 헤맸다. 그렇게 한참을 찾다가 어디선가 반가운 소리가 들렸다. 그렇다, 그 소리는 너무나도 반가운 한국 말이었고 한국인들이 있었다. 나는 그분들에게 다가가 양해를 구하며 정말 정보가 하나도 없는데 무슨 투어가 있는지, 어떻게 신청하는 것인지 하나하나 물었고 그들은 일일이 답변해주었다. 설명을 듣고 나니 내가 여기 있는 시간 동안 어떤 투어를 할지 고민을 했고 한국에서 유명한 투어사 2곳에 걸맞게 투어 신청하는 곳을 보니 한국인 이름들이 꽤 많았다. 5개의 투어 정도로 나뉘는데 선셋, 선라이즈, 데이, 스타라이트, 그리고 2박 3일 투어 대략 이 정도로 나누어졌다. 나에게 실질적으로 남은 날짜는 단 2일이었고 모든 걸 할 순 없었다. 2박 3일 투어는 우리가 흔히 아는 반영되는 모습의 우유니 사진을 찍을 수 없다는 단점이 있고 바로 칠레로 넘어가 그날 아타카마까지 투어를 할 수 있는 장점이 있었다. 다른 투어들을 하면 아타카마에서 투어를 할 수 없어서 아타카마에 하루 있을 것을 계획했던 나는 엄청난 고민에 빠졌다. 안일함 때문에 잘 알아보지 않아 무언가 하나를 포기해야만 했기 때문이다. 우유니에서 투어하는 게 후회하지 않을 것이라는 한국 분들의 말에 긴 고민 끝에 우유니 투어를 선택하고 아타카마를 포기했다. 효율적인 투어를 위해 나는 데이+선셋과 선셋+스타라이트 투어를 신청했다. 신청한 사람들을 보니 다 한국인인 것 같아 기대가 컸다. 선셋+스타라이트 투어는 내일 바로 하는 투어였고 나에게 친절하게 알려주던 사람 중 상민이 형도 나와 같은 투어를 신청했다. 신기하게도 그 형은 나와 같은 숙소였다.

"얼마에 방 잡으셨어요?"

"저 깎고 깎아서 3일치를 2일치로 깎았어요."

"저랑 비슷하겠네요. 여기 사람들 흥정 열심히 해야 돼요."

"저는 깎고 이러는 거 잘 못하는데 처음 성공해봐요."

"처음엔 저도 그랬어요. 여행하다 보면 그게 생활화될 거에요."

우린 숙소 로비로 가서 서로에 대한 이야기를 했는데 여행 와서 느끼는 것이지만 여행지에선 처음 보는 사람과 대화를 해도 솔직해지게 되는 것 같다. 상민이 형도 영국에서 직장 생활을 오래 하다 이제 한국으로 가기 전에 여행을 하고 있는 것이라 했다. 해외에서의 생활은 정말 힘든 것도 많았지만 정말 값지고 소중한 시간이었다는 말에 나는 해외 생활에 대해 다시 한 번 진지하게 생각하게 되었다. 우린 그렇게 밤 늦게까지 이야기를 했고 내일 일정을 위해 푹 쉬기로 했다.

"오늘 아침에 조식 먹었는데 맛있어요. 내일 아침에 같이 먹어요~"

"네, 그러면 내일 시간 맞춰서 식당 앞에서 기다리겠습니다!"

난 방에 들어가서 내일 준비를 해놓고 잠을 잤다. 알람을 맞춰놓은 시간보다 조금 더 일찍 눈이 떠졌고 식당에서 상민이 형을 기다렸다. 잠시 후에 상민이 형이 왔고 우린 같이 조식을 먹었다. LA에서 먹었던 조식을 제외하고 남미 여행 중 먹었던 조식 중 가장 푸짐하고 든든하게 먹었다. 형과 조식을 먹으며 마을 정보를 얻었고 칠레로 가는 버스 정류장과 은행의 위치를 확인했다. 조식을 다 먹고 혼자서 칠레에 가는 버스티켓도 미리 끊고 은행에서 현금을 조금 뽑기도 하며 마을을 돌아보았다. 그 후에 마을에서 유명하다는 현지식 바베큐 요리도 먹고 나의 우유니 첫 투어를 하러 출발했다.

기대하지 않은 곳에서 감동 그 이상을 느끼다 (+8일)

"투어는 7명으로 시작합니다. 7명 모두 한국 사람이에요."

투어사에 반가운 소식을 전했다. 한국에서 유명한 투어사답게 그들은 한국어도 나름 능숙했다. 약속 시간이 되어 투어를 함께하는 동행들이 하나 둘모이기 시작하였고 모두 모였을 때 우린 서로에게 인사를 건넸다. 처음 보는 게 다소 어색할 수 있는 상황에서 신혼 여행을 휴양지로 가자는 아내를 남미에 데려왔다는 남편이신 그 형은 가장 어른답게 우리의 분위기를 좋게 풀어주셨다. 서로 간단한 소개와 인사를 했고 차 안에서도 우리 모두 한국어로 편하게 웃고 떠들었다.

"와이프가 고산병이 와서 남미 오자고 한 내가 죄인이 된 것 같고 이혼 당할 뻔했는데 우유니의 경치를 보고 풀 수 있었어요."

"아까 아침에 투어를 했는데 중국인 두 명이 사진 찍자 해도 안 찍고 세 명이서 열심히 사진 찍었는데 사람이 없으니 예쁜 사진이 안 나왔어요."

"우리 전부 한국인이니 으쌰으쌰 해서 카톡 프사 1년짜리 인생 사진 하나씩은 건져보죠!"

참 유쾌하게 이야기가 끊임없었던 그 형은 부담스럽기보단 부러울 정도로 여유가 있고 유쾌했다. 한국인의 팀워크를 보여주자며 우린 장화의 색도 맞췄고 드넓은 소금 사막을 달리고 달리다 보니 목적지에 도착했다. 나는 차에 내리는 순간 감탄을 할 수밖에 없었다.

"우와…"

처음 우유니 소금 사막의 경치를 보면 달리 표현할 방법이 없다. 감탄사가 계속 나왔고 아름답고 눈이 부셨다.

"이게 자연의 아름다움 끝판왕인가.."

살면서 이런 비슷한 곳도 본 적이 없었고 건기임에도 며칠 전 비가 와서 물이 꽤나 차 있었다. 바람이 많이 불지 않아 반영이 되는 사진을 찍기에 최고의 조건이었다. 우린 눈으로 보고 손으로 만져도 보며 아름다움을 느꼈다. 너 나 할 것 없이 이 순간을 잊지 않기 위해 서로의 사진을 찍어주었고 찍는 모든 사진이 그림 같고 인생 사진이었다.

기대했던 사람이던 기대를 하지 않았던 사람이던 우유니의 소금 사막을 보면 감동을 받을 것이라는 상민이 형 말이 이해가 되고 내가 이 투어를 선택하길 정말 잘했다는 생각이 드는 순간이었다. 선셋(SUNSET), 말 그대로 해가 지는 순간이 다가오는데 그 경치를 보니 정말 감동 그 이상의 감정이 느껴졌다. 한국에서도 해가 지는 순간이 아름다웠겠지만 내가 살면서 아무 걱정 없이 온전히 해가 지는 이 순간을 집중하고 보는 것이 처음이라 그 감동은 배가 되었다. 새해가 되면 일출을 보러 가는 사람들을 이해하기 어려웠는데 '아마 이런 감동과 비슷하지 않을까?'라는 생각이 들었다. 그렇게 우린 우유니의 모습에 감동을 받으며 서로 사진을 찍어주다 보니 단체 사진 찍는 시간이 왔다. 모든 사람이 한국인이어서 소통도 잘 되었고 아이디어도 끊임없이 나왔다. 컨셉별로 찍은 사진을 보고 우린 환호도 하고 웃고 떠들며 수학여행을 가서 노는 학생들처럼 순수하고 즐거운 시간을 보냈다.

그렇게 사진을 찍다 보니 어느덧 해가 저물었다. 해가 지고 나니 안 그래도 춥던 그곳은 한국의 한겨울보다 더욱 추웠다. 우유니가 춥다는 정보를 알고 한국에서 핫팩을 가져왔고 며칠간 무거운 배낭을 들고 다니며 고생한 보람이 있을 정도로 핫팩은 큰 힘이 되었다. 가이드가 이제 별이 뜰 때까지 차에서 몸을 녹이라 했고 우린 차 안에서 옹기종기 모여서 사진 정리도 하고 한국에서 지내 왔던 이야기를 했다. 여행을 하며 만난 한국인들과 대화를 하다 보면 참 멋진 사람들이 많다는 것을 느꼈다. 그들 또한 나를 보며 짧은 일정으로도 이렇게 온 것을 신기해 하듯, 나도 그들 각자만의 여행 이야기가 부럽고 멋있어 보였다. 우리가 이야기 삼매경에 빠져있다 보니 주위에는 빛이라고는 찾아 볼 수 없을 정도로 고요한 어둠이 찾아왔고 처음 내린 사람이 말도 안 된다는 듯 감탄했다. 나도 내리는 순간 하늘을 바라보았고 이번에도 역시 감탄이 연신 나왔다. 하늘에는 별이 많은 정도가 아니라 은하수가 보였다. 별자리도 보이고 은하수를 가만히 보고 있으니 별똥별이 떨어지는 것도 보였다. 강원도에서 군 생활을 보냈던 나는 밤에 경계 근무를 설 때 별과 별똥별을 본 적이 있긴 하지만 이곳의 별들은 그때와는 차원이 다를 정도로 많고 눈이 부셨다. 별 사진을 찍는 것은 참 어려운 기술이어서 같은 일행들도 여러 번 시도했으나 실패를 반복했다. 그때 상민이 형이 별 사진을 찍을 줄 안다며 몇 번 시도한 끝에 멋진 별 사진들을 찍었다. 형은 우리에게도 멋진 별 사진과 단체사진을 찍어주었다.

우린 사진을 찍으면서도 추위와 싸우며 멋진 은하수를 감상했다. 가이드가 하늘에 구름도 없기 때문에 더욱 잘 보이는 것이라 말해주었고 첫날 비행기가 연착한 것을 제외하고는 이렇게 날씨 운도 따라주고 행운이 계속되는 것 같아서 감사하고 행복했다. 춥지만 감동 그 이상이었던 우리의 투어는 그렇게 끝이 났고 신혼부부이신 분들은 오늘이 우유니의 마지막 일정이라 했다. 오늘 함께한 일행 두 명은 내일 나와 같은 일정을 하기로 했고 또 다른 일행 희연 씨도 우리와 투어를 같이 하고 싶어했으나 이미 다른 투어사에 예약하고 돈을 지불해서 함께하지 못 하는 것을 아쉬워했다. 우린 아쉬운 작별 인사를 했고 우리 모두 여행을 무사히 마치고 한국에서 각자 열심히 살기를 기원하며 나의 첫 번째 우유니 소금 사막 투어가 끝이 났다. 내일 바로 일정을 해야 하기 때문에 숙소에 가서 한국에서 가져온 컵라면을 하나 먹으며 오늘 찍은 사진들을 봤다. 다시 봐도 너무 예뻐 보였다. 휴대폰 기본 카메라로 찍은 것이었는데도 너무 아름다웠다. 상민이 형이 찍어준 미러리스 카메라 사진은 그날 바로 보내준다 해서 사진을 받아보니 역시 미러리스 카메라로 찍은 것이 더 선명하고 예쁘게 나왔다. 희연 씨가 DSLR 카메라로 찍어준 사진들은 한국에 가서 정리해서 보내주기로 했고, 우리 모두는 이런 카메라로 사진을 찍고 받을 수 있어서 감사했다.

오늘은 다양한 사람들과 함께했다. 신혼 여행으로 남미를 선택하신 신혼부부, 여자이지만 혼자 남미 여행을 하는 사람, 세계 여행을 하고 있는 사람, 해외 생활 후 귀국 전 여행을 하고 있는 사람 등, 다양한 사람을 만나고 이야기를 해보니 세상엔 참 멋진 사람이 많다는 것을 깨달았고 나 또한 더욱 열심히 생활하는 멋진 사람이 되고 싶었다.

"내일은 또 어떤 사람들을 만날까? 내일은 또 얼마나 행복한 하루가 될까?"
기대감으로 인해 잠 못 이루는 밤이 되었다.

SNS도 뜨겁게 달군
아름다운 우유니 소금 사막 (+9일)

어제 새벽 우유니 소금 사막의 감동과 여운이 가시기도 전에, 아침 일찍 오늘 일정이 시작되었다. 오늘 역시 우리 그룹은 6명의 한국인으로 이뤄졌다. 어제 함께한 사람들도 있었고 새로운 사람들도 있었다. 오늘도 역시 한국인들만 있어서인지 우리는 편하고 좋은 분위기 속에서 투어를 시작했다. 어제는 소금 사막의 반영된 모습을 위해 물이 있는 곳으로 먼저 갔지만 오늘은 물이 없고 건조한 곳부터 일정이 시작되었다. 두 번째로 보는 우유니 모습이지만 이 드넓은 곳이 소금 사막이라는 것이 보고도 믿겨지지 않을 정도로 신기했다. 파란 하늘과 하얀 대지를 끝없이 보니 눈이 부시고 아플 정도였다. 핫플레이스에 들러 구경하고 사진 찍는 것을 반복하였고 어제와는 다른 우유니 소금 사막의 매력을 느꼈다. 투어를 하며 다양한 그룹을 만났는데 그중 한국인이 한 명밖에 없다며 우리 그룹이 부럽다는 한국인을 만났다. 우린 다시 한 번 우리 그룹의 소중함을 느끼며 서로 소통할 수 있다는 것에 감사했고 머나먼 이 땅에서 한국인으로만 구성된 투어를 할 수 있어 행복했다. 그 후로 우리 밖에 없는 곳으로 찾아가 우유니 소금 사막에서 꼭 찍어야 한다는 원근법을 이용한 재미있고 신선한 사진들을 찍었다. 콜라 위에 서 있는 사진, 공룡이 사람을 먹는 사진, 사람이 사람을 먹는 사진 등 우린 정말 열정적으로 찍었고 사진을 찍는 과정만으로도 우린 행복하고 즐거웠다. 재미있는 영상도 찍기 위해 노래를 틀고 막춤을 추었다. 처음 보는 사람들 앞에서 막춤을 춘다는 것이 쉬운 일은 아닐 테지만 우리는 맨정신임에도 이미 그 시간에 집중하고 즐기고 있었기 때문에 너나 할 것 없이 막춤을 추었다. 영상을 찍고 보니 우리의 모습이 재밌게 담겨서 즐거웠고 뿌듯했다. 그렇게 우리들끼리 재밌게 놀다 보니 어느새 해가 저물어 갔다.

시간에 맞춰 우린 다시 바닥에 물이 있는 장소로 갔고 그곳에 가니 어제 같이 투어한 희연 씨를 만났다. 우린 서로 반갑게 인사했고 같이 투어하지 못해 아쉽긴 하지만 희연 씨 그룹도 다 한국인이라 즐겁다 하였다. 우린 두 그룹을 합쳐 단체 사진을 찍을까 했지만 투어사가 달라 가이드들이 거절했다. 그 후 우린 어제와 비슷한 반영사진을 찍었고 해가 지평선으로 넘어갈 때 파란색과 주황색이 공존하더니 잠시 후 우린 정말 믿기 힘든 광경을 보았다. 하늘은 거짓말 같이 내가 살면서 처음 보는 분홍색을 띠었고, 말 그대로 하늘이 핑크빛으로 물들었다. 우린 재빠르게 사진을 찍기 시작했고 휴대폰 카메라로 보정 없이 사진을 찍었지만 사진 한 장 한 장이 작품이고 아름다웠다.

"이게 인생 사진이지.."

내가 찍은 사진들을 보니 너무 아름다워서 빨리 지인들에게 보여주고 싶었다. 우린 그렇게 오늘도 수많은 사진을 찍었고 숙소로 돌아가는 길에 사진을 보며 감탄을 남발했다. '같은 선셋 투어를 해서 어제와 비슷하지 않을까?'라는 생각을 했지만 오늘 본 하늘은 너무도 다르다는 것이 신기했다.

투어가 끝나고 우린 마을로 돌아갔다. 도착하니 해는 저물었고 깜깜한 저
녁이 되었다. 우린 모두 배가 고파 밥을 먹으러 식당을 갔다. 맥주 한 잔씩
과 밥을 먹으며 우린 서로 이야기를 했고 오늘 있었던 일들을 되새기며 마
무리했다. 나는 아쉽게도, 아니, 너무나 아쉽게도 우유니에서의 마지막 밤
이었고 우유니에서 일정이 남아 있는 사람들이 마냥 부러웠다. 이렇게 아
름답고 좋은 장소인 줄 알았다면 좀 더 길게 일정을 계획했을 텐데 아쉬움
이 들었다. 우린 그렇게 아쉬움을 뒤로하고 헤어졌고 내일 일찍 일어나야
하기 때문에 나는 숙소로 가서 바로 잘까 하다가 아쉬운 마음에 사진을 정
리했고, 정리가 끝나는 대로 가족과 지인들에게 사진을 보여주고 SNS에도
게시물을 업로드했다. 그리고 많은 사람들에게 이 사진을 보여주고 싶어서
Facebook 여행 콘텐츠로 큰 사랑을 받는 페이지인 '여행에 미치다'라는 페
이지에도 사진을 공유하고 잠을 갔다.

칠레로 넘어가는 버스가 아침 5시 버스였기 때문에 나는 아주 잠깐 눈을 붙이고 일어났다. 가족과 지인들에게 보낸 메시지며 SNS에서 모두 우유니 소금 사막 사진을 보고 감탄하고 부러워했다. 내가 우유니 소금 사막을 보며 느꼈던 감동을 다른 사람들에게 사진으로나마 공유할 수 있어서 기분이 좋았다. 많은 사람들의 반응을 보니 그 감동이 조금이라도 전해진 것 같아 행복했다. 한국에 가면 이 감동을 사진뿐만 아니라 말로써 더 전해주고 싶었다. 처음에 우유니 소금 사막을 기대하지 않아 더욱 큰 감동을 받았을 수도 있지만 '만약 여길 안 왔다면 얼마나 큰 후회를 했을까?'라는 생각이 들었다. 이렇게 아름다운 대자연을 볼 수 있어서 행복했다. 나는 지인들에게 보낸 메시지의 답장과 SNS 댓글도 다 달지 못할 정도로 바쁘게 준비하고 칠레로 가는 버스를 타기 위해 3일간 함께한 숙소를 체크아웃하고 밖으로 나왔다.

그 순간, "진짜 너무 춥다. 아니, 추워 죽을 것 같아!!!"
한국은 지금 여름이고 더워 죽겠다는데 한국의 겨울보다 더 추운 것 같은 여기도 너무 고통이었다.
"추워도 너무 춥잖아!?"

칠레

햄버거남이라는 별명이 생겼어요! (+10일)

여행 전 칠레라는 나라에는 큰 관심이 없었다. 일정에서도 뺄지 말지 고민을 많이 했다. 우유니에서 저렴하고 쉽게 국경을 넘을 수 있다는 것과 칠레의 아타카마라는 곳에서 달의 계곡 투어와 별을 감상하는 것이 유명하다는 것을 알게 되었고 딱 이틀만 계산하고 칼라마 - 산티아고(경유) - 아르헨티나로 가는 비행기를 미리 구매해놓았다. 여행을 하다 보니 나의 일정으로는 아타카마에서 달의 계곡 투어를 할 수 없다는 것을 알게 되었고 아쉽지만 칼라마에서 하루 쉬는 계획으로 수정했다.

버스가 난방이 되지 않아 좌석마다 이불이 있었지만 냉장고 같이 추웠고 빨리 도착하길 바랐다. 추워서 잠을 깨기도 하고 발이 너무 차가워 핫팩을 쓰기도 했다. 그렇게 시간이 지나 해가 뜨니 차 안이 조금은 따뜻해졌다.

페루와 볼리비아에서의 행복한 여운이 가시지 않았던 나는 긴장감이 풀려 있었고 세상이 참 아름답게만 보였다. 버스 앞 좌석에는 5-7살 정도 되어 보이는 꼬마아이 둘이 있었고 귀여운 아이들을 보니 기분이 더욱 좋아서 초콜릿을 선물해주기도 했다. 밖을 구경하기도 하고 잠을 자다 깨는 것을 반복하다 보니 11시간가량의 버스 이동이 끝이 났다. 칠레 칼라마에 도착하여 나는 오늘은 이곳에서 맛있는 것도 먹으며 밖을 좀 구경해볼 생각이었고 버스에 내린 후 일단 환전을 하기 위해서 시내로 갔다. 환전소가 생각보다 찾기 힘들었기 때문에 환전을 해주는 가게로 갔고 2일 정도의 경비를 환전했다. 한화로 약 10만 원 정도 돈을 환전했고 나는 돈을 받고 정리도 하지 않은 채 바지 주머니에 넣으면서 밖으로 나왔다.

그 순간, 정말 순식간이었다. 가게 밖으로 딱 한 걸음 나가는 순간 퍽 소리와 함께 내 뒤통수에서 따뜻하고 고약한 무언가가 흘렀다. 순간적으로 머리에 손을 갖다 댔다. 햄버거 같은 빵과 소스들이 머리 뿐만 아니라 나의 가방과 옷에도 묻어있었다. 악취는 끊임없이 났고 나는 당황해서 양손으로 뒤통수를 닦아 냈다. 그 순간이었다. 머리가 하얘지면서 '설마'라는 생각과 함께 내 손은 주머니로 갔다. 방금 환전해 한 번 접고 넣어둔 현금이 있는지 확인했다. 그리고 여권과 핸드폰이 잘 있는지 확인했다. 정말 다행하게도 내 주머니에 있던 가장 소중한 물건들은 무사했다. 정말 바보 같은 실수였다. 여행 전 귀중품은 복대 안에 잘 숨겨 다니고 항상 긴장 풀지 말고 조심하며 다니자, 그렇게 다짐하고 생각했던 내 마음은 페루와 볼리비아에서 느꼈던 따뜻함 때문에 긴장의 끈이 이미 녹아있었다. 혼자 머나먼 타지에서 배낭여행 하는 사람이 한국에 있는 사람처럼 긴장감도 없이 편해 보였기 때문에 소매치기 범에게 타깃이 되는 것은 너무도 당연했다.

난 내 몸에서 나는 악취, 머리에서 흐르는 소스마저 다 닦을 시간도 없이 주머니에 손을 집어 넣고 걷기 시작했다. 바로 앞에 보이던 골목에서 길을 틀었고 그때 한 남성이 나에게 다가와 닦아주겠다며 웃으며 말했다. 그러더니 가방을 벗어 자기에게 달라고 요구했다. 남미에서 새똥 테러라고 유명한 소매치기 수법(새똥이 옷에 묻었다고 닦아주겠다 하면서 금품을 갈취하는 수법)이 있다는 것을 알았고 이것 또한 그와 유사한 소매치기 수법일 수 있다는 생각이 들어 거절하고 가장 가까운 숙소에 들어가 싱글 룸을 달라고 했다. 방에 들어가 짐을 내려놓으니 긴장이 풀렸고 두렵고 속상했다.

'나한테 도대체 왜..?'라는 물음이 내 마음 속에 맴돌았고 샤워를 하며 머리를 두 번 세 번 감아도 냄새가 사라지지 않는 기분이었다. 씻고 나와 가방을 아무리 닦아내어도 악취는 사라지지 않았다. 밖은 대낮이었지만 너무 무서웠다. 나는 마음을 다스리기 위해 누워서 친구들과 가족들에게 내 상황을 전하고 위로 받았고 남미 여행자 단톡방에도 상황을 설명하며 위로를 받았다. 이때 800명이 있는 이 단톡방에서 일명 햄버거남이라는 웃기지만 슬픈 별명이 생겼다.

난 누워서 계속 생각했다.

'동양인에 대한 차별이었을까?'

'내가 긴장하고 있지 않아 보여서 금품을 훔치려고?'

'아까 나에게 가방을 달라는 사람은 선의일까, 정말 소매치기 범일까.'

온갖 생각을 하며 무섭고 복잡했지만 나중에 내린 결론은

'나 이렇게 누워 있으려고 온 거 아니잖아. 기죽지 말고 당당하게 나가자.' 라는 결론이었다. 이 도시에서 쉬려 생각했던 나는 큰 대형마트가 있다는 정보를 얻은 후 밖으로 나갔다. 처음에는 또 비슷한 일이 일어나는 건 아닌지 라는 걱정을 했지만 당당하게 걸었다. 그렇게 Jumbo라는 대형마트에 도착했다. 오늘 받은 스트레스는 먹을 것으로 풀어보자는 생각으로 맛있는 음식들과 맥주를 바구니에 담았다. 칠레 맥주가 맛있다는 말을 들어서인지 칠레의 맥주가 참으로 반가웠다. 대형마트라 저렴한 가격으로 나는 양손 가득 장을 봤고 물건들을 들고 숙소로 돌아갔다. 아까는 보지 못했던 사람, 산 그리고 꽃 가게가 보였고 거기에 계시던 아주머니가 나를 보고 미소를 지어주었다. 그 미소를 보니 이 도시 또한 좋은 곳일 것이라는 생각이 들었다. 숙소에 도착하여 맛있는 음식들도 먹으며 남미에 도착한 첫날부터 지금까지 있었던 일들을 생각했다. 스스로 타지에서 너무 긴장을 풀고 있었던 것에 대한 반성을 했고 아까 있었던 일로 오늘 하루 종일 침대에 누워만

있었다면 최악의 도시로 남을 뻔 했지만 용기를 갖고 돌아다녀보니 여기 또한 사람이 사는 따뜻한 곳이라는 것을 느낄 수 있었다. 크게 한 일은 없지만 가장 인상 깊은(?) 사건을 겪으니 오늘이 참 길게 느껴졌고 생각이 많은 하루였다. 마지막으로 난 이렇게 생각했다.

"밝은 면이 있으면 어두운 면도 있고, 행복하다가도 슬픈 일이 찾아 오는 것이 인생이기 때문에 오늘 있었던 일 덕분에 좀 더 성숙해졌을 거야."

아르헨티나

조금은 익숙한 두 번째 공항
노숙 그리고 취소된 스카이다이빙 (+11, 12일)

칼라마에서 아르헨티나 부에노스 아이레스로 가기 위해 일찍 기상하여 밖에서 칠레에서 유명한 칠레식 수제버거를 먹었다. 어제 햄버거를 맞은 게 생각나서 약간의 찝찝함은 있었으나 그래도 맛있게 먹었다. 칠레라는 나라에 딱 하루 있는 동안 햄버거 맞은 일 말고는 큰 사건도 없었지만 막상 떠나는 길은 언제나 아쉬웠다. 칼라마 공항에서 와이파이를 연결하여 핸드폰을 하면서 비행기를 기다렸다. 부에노스 아이레스를 가기 위해 산티아고 공항에 경유를 해야 했다. 산티아고 공항에 새벽에 도착하여 긴 대기시간이 지루하긴 했으나 밖에 나가기에는 애매하고 할 게 없었기 때문에 공항 노숙을 하기로 결정했다. 공항에서 맛있는 스테이크와 맥주를 먹으니 잠이 오기 시작하여 자연스럽게 비행기를 기다리는 동안 구석에서 배낭을 베개 삼아 잠을 잤다. 첫 번째 공항 노숙을 할 때는 불안하여 잠을 자기도 힘들었지만 두 번째라 그런지 이번엔 편안하게 잠들 수 있었다. 잠을 자다 보니 어느덧 비행 시간이 다가왔고 길고 지루했던 공항 노숙을 끝내고 비행기에 탑승했다.

부에노스 아이레스에서 입국 심사를 하는데 LA만큼이나 질문도 많고 분위기가 무거웠다.
"너 여기에 있는 동안 숙소는 어디에 잡았니?"
"한인 민박인데 이름은 아는데 주소는 자세히 모르겠어."

"안 돼. 주소 기록해야 하기 때문에 반드시 말해줘야 해."

"잠깐만…"

주소를 몰랐던 나는 당황하여 무료 와이파이를 연결시켜 그 숙소의 주소를 검색했고 그 주소를 보여주고 나서야 길었던 입국심사가 끝이 났다. 공항에서 시내버스를 타고 1시간 30분 이상 가야 했기 때문에 부에노스 아이레스의 경치를 보며 숙소로 갔다. 도시를 보고 큰 감흥이 오지 않을 것이라 생각했기 때문이었을까? 나는 부에노스 아이레스에서는 한인 민박과 스카이다이빙 예약 말고는 계획한 것이 없었다. 그러나 가는 길에 보이는 웅장해 보이고 약간의 통일되어 보이는 건물들을 보니 한국에서 보던 도시와는 또 다른 매력이 있었다. 많은 건물들이 이미 100년 이상 된 것들이 많다고 하는데 오래 전 아르헨티나가 얼마나 경제 대국이었는지 짐작이 되었다. 가이드 북에서 보니 현재는 경제가 많이 힘들어졌고 곳곳에서

시위가 일어난다 하였으나 건축물들만 보았을 때는 경제가 힘들다는 것이 믿기지 않았다. 그러나 건축물이 아닌 좀 더 자세히 다른 면들을 바라보면 시위를 하는 곳들도 있었고 밖에서 매트리스를 두고 노숙하는 수많은 사람들 등 어두운 면도 많이 보였다.

밖을 구경하다 보니 어느덧 1시간 30분이 흘렀고 숙소에 도착하였다. 짐을 풀고 난 뒤 나가서 오는 길에 보았던 수제 햄버거를 먹으러 나갔다. (햄버거남이라는 별명이 햄버거에 맞아서 생겼지만 생각해보니 여행 도중 햄버거를 수없이 먹었다. 아무래도 햄버거남이라는 별명은 나의 운명이었던 것 같다.)

그 후 세계에서 가장 아름다운 서점 2위를 차지했다는 El ateneo가 이 근방에 있다는 것을 알게 되었고 걸어가보았다. 이 서점은 극장 - 영화관 - 서점 순으로 개조되었다고 하는데 책을 좋아하는 나는 그 서점이 궁금했다. 서점에 가는 길에 '설마 내가 읽을 수 있는 책이 있을까?'라는 생각이 들었지만 서점에서 꼭 책을 사라는 법은 없으니 가벼운 마음으로 갔다. 도착하니 서점 내부에는 책을 읽는 사람 반, 사진을 찍는 사람 반이었다. 나는 사진을 서로 찍어주는 커플에게 다가가 사진을 찍어줄 것을 요구했고 그 후 그 커플의 사진도 찍어주었다. 곳곳을 열심히 보고 또 보았지만 역시나 내가 읽을 수 있는 책은 없었다. 그래도 참 아름다운 서점이었다.

오랫동안 서점을 구경하고 드디어 내일 나의 버킷리스트이자 내가 이 도시에서 가장 기대되는 일인 스카이다이빙을 할 생각에 기분이 좋았다. 숙소로 돌아와 와이파이를 연결하기 전까지만 해도 오늘 하루도 무사히 끝이 나는 줄 알았다.

"기상 악화와 비행기 활주로 공사로 인하여 스카이다이빙이 취소되었습니다."

한국인 대행 업체를 통하여 예약했던 나는 바로 전날이 되어서야 취소 통보를 받았다. 화가 나기도 하고 황당했으나 어쩔 수 없는 상황이니 이해하기로 했다. 스카이다이빙 말고는 아무런 계획이 없었던 나에게 또 한 번 시련이 찾아왔다.

숙소에서 무엇을 할지 고민을 하다가 내 옆 침대에 있던 진웅이 형과 이야기를 나눴고 배를 타고 우루과이 영토를 갈 수 있다는 말을 들었다. 배값이 저렴한 건 아니지만 가서 산책도 할 수 있다고 해서 남미에서 우루과이 영토도 한번 밟아 볼 겸 내일 형과 함께 가기로 했다. 우리는 저녁을 함께 먹기로 했고 숙소 근처에 있는 마트로 갔다. 아르헨티나 소고기가 무척 맛있고 저렴하다는 것을 알았기 때문에 우린 숙소에서 소고기를 구워 먹기로 했다. 가격을 보니 정말 저렴해서 우린 기쁜 마음에 부위별로 바구니에 담았고 여행에서 빠지면 섭섭한 맥주와 간식거리도 같이 사서 숙소로 돌아갔다. 스카이다이빙이 취소되어 무척 아쉬웠지만 새로운 인연인 진웅이 형과 친해져 함께 맛있는 저녁을 먹어서 위로가 되었다. 내일 또 새로운 일정인 우루과이를 가는 것이 기대되었고 우린 아침 일찍 일어나야 했기 때문에 일찍 잠에 들었다.

긍정의 힘, 모든 일에 감사하자! (+13일)

진웅이 형과 나는 아침 일찍 일어나 라면을 끓여 먹고 준비를 했다. 지하철을 타러 가서 진웅이 형은 인터넷 검색을 몇 번 하더니 정말 순조롭게 계획을 짜고 실천했다. 너무 척척 잘하는 것이 신기해서 나는 형을 바라봤다.

"형, 여기에 사는 사람처럼 어떻게 이렇게 쉽게 하세요?"

"유럽 여행을 한 적이 있는데 그때 많이 배우고 익숙해졌어요."

"저도 나중에 여행을 자주하다 보면 형처럼 될 수 있겠죠?"

형은 웃으며 그럴 수 있을 것이라고 답해주었다.

지하철을 타고 쉽게 선착장에 도착할 수 있었다. 선착장이 2곳이 있는데 훨씬 저렴하게 구매할 수 있는 곳을 가려 했다. 우리가 처음 간 곳은 꽤나 크고 복잡했고 우린 순간적으로 이곳이 아니라 반대편 선착장이 더 저렴하다 착각했다. 반대편 선착장 위치를 알아보니 생각보다 멀었기 때문에 걸어가긴 시간이 부족했고 우리는 택시를 타고 갔다. 택시비가 미터기로 했음에도 너무 많은 가격이 나온다는 느낌이 들었다. 하지만 우리 둘 다 택시를 처음 타봤기 때문에 의심만 했을 뿐 돈을 지불했고 다른 선착장에 도착하였다. 티켓을 구매하려 했는데 아까 그곳에 비하여 사람이 상당히 없고 휑했다. 매표소에 가서 물으니 우리가 구매하려 한 티켓은 아까 처음에 내린 곳이 맞았다. 우린 바보 같은 실수를 했고 시간이 역시나 촉박했기 때문에 다시 택시를 타고 첫 번째 선착장으로 다시 갔다. 같은 거리이지만 택시비는 처음 탔을 때보다 훨씬 저렴했다. 간혹 택시 미터기 조작 사기가 있다는 것을 책을 읽어 알았지만 그것을 대처하고 방지하는 법을 몰랐기 때문에 우린 눈뜨고 코가 베인 꼴이었다. 억울하다 생각할 겨를도 없이 우린 매표소로 다시 뛰어갔으나 배의 티켓 구매 시간이 이미 끝나있었다. 우린 허무하게 서로를 바라보며 쓴 웃음을 지었다. 잠이 덜 깨서인지 너무 급한 마음이어서 우린 너무 허무한 실수를 했다.

"괜찮아, 배값 아꼈네. 이걸로 오늘 다르게 재밌게 놀자!"

'우린 배값이 사실 비싸서 부담스러웠다', '부에노스 아이레스 도시를 구경하는 것도 충분히 재밌을 거다' 등 자기 위로를 하며 긍정적으로 생각하기로 했다.칠레에서 있었던 일 이후로 확실히 생각하는 게 조금은 긍정적으로 되었다는 것이 느껴졌다.

이 근처에 부에노스 아이레스의 대표 건물들이 많이 있다고 말한 진웅이형의 말에 즉흥 일정답게 우루과이가 아닌 부에노스 아이레스 시티 투어를 하기로 결정했다. 첫 번째로 지하철과 버스를 이용하여 라보카, 카미니토 골목을 가기로 했다. 라보카 지역은 치안이 안 좋기로 유명해서 조심해야 한다는 것은 알았지만 동행이 있었기 때문에 큰 힘이 되었다. 처음 도착했을 때 형형색색의 건물들이 예뻐 보이면서도 뭔가 난잡해 보였다.

라보카가 유명한 이유는 참 많은데

첫째, 탱고의 본 고장이라는 것.

둘째, 알록달록한 건물들을 보기 위해.

셋째, 마라도나로 인해 유명한 보카 주니어스 주 경기장이 있기 때문에.

이 정도가 대표적인 이유이다.

우린 예쁜 건물들과 아르헨티나 대표 인물들의 인형들과 사진을 찍고 카페에 간 다음 탱고쇼를 관람하며 둘세데레체라는 음료를 마셨다.

둘세데레체는 아르헨티나에서 유명한 디저트로 우유에 설탕을 넣고 오랫동안 가열하여 카라멜 상태로 만드는 것인데 달달한 걸 좋아하는 나에게 딱 맞는 음료였다. 우린 아침부터 정신 없던 마음을 달래고자 음료를 마시며 탱고를 보는 여유를 즐겼다.

그 후 버스를 타고 지하철을 타고 대통령 궁을 보러 갔다.

대통령 궁에 갔을 때 신청을 미리 하면 내부도 볼 수 있다는 것을 알게 되었고 우린 와이파이를 연결하여 신청하려 했으나 아쉽게도 오늘은 모든 시간대 투어가 꽉 차있었다. 역시 이런 것도 일정이 조금 더 길고 정보를 미리 알았다면 좋았겠다는 생각이 들었다. 아쉬운 마음에 대통령 궁 앞에서 사진을 찍고 오벨리스크로 갔다. 오벨리스크에 가서 사진을 찍는데 전체가 나오게 사진을 찍으려 하니 정말 높았다. 우린 이 사진을 한 장에 담아보고자 앉기도 하고 엎드리는 노력을 하고 나서 전체의 모습을 담는 사진을 건질 수 있었다.

그 뒤에 있는 부에노스 아이레스의 가장 유명한 포토존에 가서 사진을 찍기 위해 기다렸다. 기다리는 사람들이 많았지만 드디어 우리 차례가 되어 다양한 포즈를 취했다. 사람들이 보고 있었지만 재밌는 사진을 찍기 위해 엽기적인 포즈를 취하며 사진을 찍었고 줄 서있던 외국인들이 나를 보고 웃었지만 아랑곳하지 않았고 우스운 사진을 건질 수 있었다. 많이 걷기도 했지만 힘들  기보다는 오늘도 알차게 돌아다니고 많은 것들을 볼 수 있어서 좋았다.

우린 숙소로 돌아가 잠시 휴식을 했고 오늘 마무리로는 한인 교포가 주관하는 저녁 아사도 모임에 참석하여 현지식 바베큐, 와인, 맥주를 저렴한 가격에 많이 먹었다. 레드 와인을 스파클링으로 해서 먹어보기도 했는데 와인에 익숙하지 않은 나에게는 꽤 매력적으로 느껴졌다. 페루 볼리비아에서는 아무리 먹어도 살이 빠졌었는데 아르헨티나에서는 온지 2일만에 배가 볼록 튀어나왔다. 나와 형을 포함해서 4명이긴 하였으나 새로운 사람들과 서로의 남미 에피소드와 한국에서 지내왔던 이야기를 하니 시간 가는 줄 몰랐다. 다른 누군가에게 나의 이야기를 하는 게 참으로 재밌었고 다른 사람의 이야기를 듣는 것도 좋았다. 모임이 끝난 후 숙소에 와서 진웅이 형과 맥주를 먹으며 이야기를 나눴다. 오늘 아침부터 정신 없었던 하루를 회상하며 웃고 떠들었다.

타지에 나와서일까? 나는 새로운 사람을 만나도 경계심은 들지 않고 솔직해졌고 행복했다. 우린 그렇게 짧은 시간에 더욱 친해졌고 형과 이야기를 하면 할수록 참 좋고 멋있는 사람이라는 게 느껴졌다.

"형, 마추픽추에서 참 좋았던 동행을 만났어요. 좋은 사람들과 좋은 추억을 쌓는 게 너무 행복해요. 남미 여행 동안 많은 인연들을 얻었고 여기에 와서 형을 알게 되어서 너무 행복해요."

진웅이 형 또한 여행하면서 만난 좋은 동행들 이야기를 해주었다.

스카이다이빙은 오늘 또 연락이 와서 내가 부에노스 아이레스에 있는 기간 동안에는 절대 할 수 없다고 했다. 스카이다이빙은 다음으로 미룰 수 있지만 이런 좋은 사람과 함께 하는 것은 미룰 수 없기 때문에 스카이다이빙이 취소된 아쉬움이 사라졌다. 우린 그렇게 늦은 시간까지 이야기를 했고 내일 또한 함께하기로 했다. 형에겐 미안하게도 나의 계획은 하나도 없었지만 형의 계획을 토대로 내일도 부지런하게 움직이기로 했다. 부에노스 아이레스에서의 계획도 없던 나에게 소중한 인연이 생겼고 앞으로 있는 기간도 행복할 것 같았다. 가끔은 계획한 대로 하지 못했을 때 생각지도 못한 새로운 일 덕분에 더 큰 행복함을 얻을 수 있다는 걸 느꼈고, 가끔은 생각지도 못한 일로 인해 더 즐거운 법이 생길 수 있다는 긍정적인 생각과 모든 일에 대한 감사함을 가지기로 했다.

할 것도 볼 것도 많은 도시 부에노스 아이레스
드디어 SNS 관종 유재석이 되다! (+14일)

현지 날짜로 오늘은 일요일이다. 부에노스 아이레스에 있다면 꼭 해야 할 일 중 하나가 산뗄모 일요시장에 가는 것이라 들었던 진웅이 형과 나는 아침부터 준비를 했다.

시장에 가보니 소문에 걸맞게 시장은 끝이 보이지 않았고 길거리에 볼거리가 많았다. 곳곳에서는 연주곡들이 들리기도 하였다. 연주소리, 맑은 하늘 그리고 시장의 모습을 보니 마치 영화의 한 장면 같았다. 한국에서도 볼 수 있는 반가운 물건들, 생전 처음 보는 물건들, 오래된 우표, 엽서 등 시장을 구경하는 것 자체만으로도 시간 가는 줄 몰랐다. 한국에 있는 지인들에게 간단한 선물이라도 하고 싶었기 때문에 가죽 여권 케이스와 기념품들을 구매했다.

우린 한참을 구경한 후 배가 고파지기 시작했다. 여행 초반에는 남미까지 와서 한국에서도 먹을 수 있는 프랜차이즈 음식은 절대 먹지 말자라는 마음이었으나 '남미의 프랜차이즈 음식들도 한국의 맛과 비슷할까?'라는 궁금증이 생겼고 형과 나는 한국에서도 볼 수 있는 익숙한 간판들을 찾기 시작하였다. Subway를 가려고 2곳이나 찾았지만 일요일이라 문이 닫혀 있었다. 그래서 우린 맥도날드에 가기로 결정했다. 맥도날드에 들어가니 사람이 상당히 많았고 나는 속으로 유명한 프랜차이즈들은 동, 서양 구분 없이 인기가 있다는 게 신기하였다. 우린 한국에서도 먹을 수 있는 빅맥을 주문하였고 배고파서인지 맛있다는 생각은 들었지만 한국에서 먹는 것과 비슷했다. (오늘도 역시 햄버거를 먹었다…)

약간의 뻔한 맛이었던 햄버거를 먹은 후 라 레콜레타 공동묘지를 갔다. 라 레콜레타 공동묘지는 4천 개가 넘는 묘지가 있고 전직 대통령, 시인, 군인, 연예인 등등 아르헨티나의 수많은 위인과 가문들의 묘가 있는 곳으로 유명하다. 나는 그곳에 대한 정보가 없었을 뿐더러 그래 봤자 묘지가 묘지겠지 라는 생각을 하고 있었다. 진웅이 형은 꼭 가야 할 이유를 나에게 설명해주었다.

첫째, 묘지에도 다양한 건축방식들이 있어서 묘지들의 모습 자체를 보는 재미.

둘째, 에비타로 불리는 영부인이었던 에바 페론의 묘를 보기 위해서.

셋째, 과거에 아무리 명성이 높은 위인이고 가문들의 묘들이 모여 있지만 지금은 폐허에 가까울 정도로 관리가 안 되는 묘와 그와 반대로 지금 또한 잘 관리되고 있는 묘들을 비교해보며 다양한 느낌을 느끼기 위해서.

이 세 가지 정도라 했다.

에비타라는 위인이 왜 유명한지 몰랐기에 진웅이 형에게 설명을 들었지만 묘를 본 후 숙소에서 검색하며 알아 볼 정도로 영향력이 있는 사람이었다. 간략하게 설명하자면 가난한 집안의 출신의 여인으로 영화배우, 영부인이 되어 서민과 노동자층에 파격적인 복리 정책을 함으로써 국민의 사랑을 받은 인물이었다. 안 좋은 소문이 돌기도 하고 1952년 34세의 젊은 나이로 사망했지만 아직까지도 그녀의 묘에 꽃이 놓여있을 정도로 아르헨티나의 가장 영향력 있는 인물 중 한 명으로 꼽힌다.

라 레콜레타의 묘지 입구에서부터 수많은 관광객들이 있었으며 묘지의 입구는 웅장해 보였다. 입장하자마자 묘들을 보며 감탄사가 연신 나왔다. 건축물처럼 보일 정도로 웅장한 묘지들이 많이 보였다. 너무도 멋있는 묘들을 보면서 '이 곳에 묻혀 있는 인물은 대체 누굴까?'라는 생각도 들었고, '묘의 사진을 찍는 것이 고인에 대한 실례는 아닐까'라는 의문도 들었지만 나도 모르게 나의 손은 휴대폰 카메라에 가 있었다.

그렇게 끝없는 묘지들을 보며 다양한 생각이 들었다. 마지막쯤에는 에비타의 묘지를 갔는데 유명한 장소임에 걸맞게 유일하게 수많은 사람들이 몰려있었고 수많은 꽃들이 걸려 있었다. 편지도 많이 보였으며 많은 사람들이 그녀의 묘지 앞에서 기념 사진을 찍고 있었다. 많은 사람들 중에서 진심으로 그녀에게 기도하는 사람들도 있었으며 나와 진웅이 형도 기념 사진을 찍고 묘지 관광을 마무리했다. 죽은 후에도 다른 사람들의 기억에 잊혀지지 않고 살 수 있다는 것과 죽은 후에도 가문의 명예와 부를 다른 사람에게 보여지고 싶어하는 것은 인류 역사에서 어디든 존재하는 것 같다.

다음으로 우리가 향한 곳은 미술관이었다. 이 도시에서만 크고 작은 미술관이 많이 있지만 우린 그중 국립 미술관에 갔다. 한국에서 미술관은 학창시절 수행평가를 위해서 간 것 말고는 가본 적이 없어서인지 미술관을 가는 내 모습이 조금 낯설었다. 미술에 대한 지식이 풍부하진 않지만 이 기회에 새로운 문화생활 취미도 만들어보고 싶다는 생각으로 그곳에 갔다. 아르헨티나도 한때 스페인의 식민지였던 시절이 있어서인지 건축, 예술, 문화, 언어 등에 아직까지도 스페인의 흔적이 많이 남아있었다. 미술 작품에서도 그것들을 느낄 수 있었다. 우리나라도 과거에 일본의 지배를 받은 슬픈 역사가 있어서인지 작품을 보는데 공감이 되기도 하고 누구의 작품인지 마냥 눈길이 가고 마음이 가는 작품들도 꽤나 있었다. 그렇게 더욱 궁금한 작품들은 이름을 옮겨 적기도 해보며 미술관의 매력에 빠졌다. 한국에 가면 또 무슨 느낌이 들지 궁금하기도 했다.

오늘 하루도 좋은 날씨 속에서 다양한 관광을 하고 진웅이 형과 숙소로 돌아와 근처 마트에서 장을 보고 소고기와 맥주를 먹으며 이야기를 나눴다. 오늘은 특별한 일이 없었으나 걷고, 쇼핑하고, 문화생활도 하고, 맛있는 것들을 먹으며 시간을 보내니 '행복이란 게 거창할 것 없이 소소한 것에서도 충분히 느낄 수 있구나'라는 생각이 들었다.

잠을 자기 전 나는 SNS에 나의 사진을 업로드 하였고 그러는 중에 지난 날여행 콘텐츠로 유명한 페이지인 '여행에 미치다'라는 페이지에 올린 우유니 소금 사막 사진의 반응이 뜨겁다는 것을 알게 됐다. 페이지의 관리자 분에게 메시지가 왔고 정식 페이지에 나의 사진을 올리고 싶다는 내용과 소정의 선물을 주겠다는 반가운 소식이었다. 여행자들의 많은 사연과 사진을 보며 꿈꾸던 페이지에 나의 사연과 사진이 올라간다는 것이 정말 뿌듯하고 기분이 좋았다. 그 후 나의 사진들이 게시되었고 수백 개의 메시지가 왔다. "멋있다", "부럽다", "여행에 관한 정보 좀 부탁한다." 등 다양한 메시지들이 왔고 나의 지인들에게도 사진 잘 봤다며 많은 칭찬의 메시지가 왔다. 다른 사람들의 반응을 위해 온 여행은 아니지만 다른 사람들에게 영감을 주는 여행이 된 것 같아 정말 뿌듯하고 행복했다. 한국에 가서 많은 사람들에게 여행 정보와 내 이야기를 들려주고 싶어졌고 이때 처음으로 책을 쓰고 싶다는 생각이 들었다.

오늘 하루도 행복한 나의 여행에 새로운 추억이 더해졌다. 난 그렇게 오늘 하루도 행복하게 마무리할 수 있었고 행복한 잠에 들었다.

부에노스 아이레스의 마지막 밤 (+15일)

이 도시를 여행했던 사람들의 이야기를 들어보면 며칠 간 공연만 보고 가도 충분히 재밌고 행복할 것이라는 이야기를 많이 들었다. 그만큼 이 도시는 공연이 유명하다. 꼭 봐야 할 정도로 유명한 공연과 탱고쇼가 여러 개 있었지만 공연에 대한 조사를 안 했던 나는 늦게나마 알아 보았으나 날짜가 맞는 게 별로 없었다. 숙소에서 만난 모든 한국인들이 꼭 가보라고 할 정도로 유명한 공연들을 다 보지 못한 게 너무 아쉽지만 이번 여행에서 아쉬움은 항상 따라왔고 아쉬움이 있어야 다음을 기약할 수 있기에 아쉬움을 뒤로했다.

탱고가 정확히 어떤 춤인지는 모르나 탱고의 본고장이라 불리는 이곳에서 그 춤을 접하지 못한다면 너무 아쉬울 것 같아 마지막 날인 오늘 밤 가격 대비 가장 유명한 Piazzolla Tango를 보기로 했다. 아침에 티켓 판매소를 찾아가서 예매를 했고 오늘은 마지막 날이기에 진웅이 형과 각자 하고 싶은 것들을 하고 저녁에 같이 탱고를 보기로 했다.

진웅이 형은 축구를 좋아하기 때문에 축구 경기장을 관람하기로 했고 나는 160년 된 카페인 Café tortoni에서 커피 한 잔을 하고 이 도시에서 남미 맛집 2위에 선정됐다는 아사도 요리 맛집인 La cabrera를 가기로 정했다. La cabrera는 남미에서 만난 여행자들의 말에 의하면 너무 비싼 가격 때문에 가지 못했다는 사람과 경험을 위해서라도 꼭 한 번은 가보라는 사람들의 말이 나온 곳이다. 아사도는 쇠고기에 소금을 뿌려 숯불에 구운 아르헨티나의 전통요리이다. 나는 오늘 또한 스카이다이빙이 취소되어 남는 경비로 이곳을 가기로 결정했다. 스카이다이빙이 취소됨으로써 경비가 많이 남아 또 다른 다양한 경험을 할 수 있는 것이 좋았다.

지금까지는 진웅이 형이 알려준 대로 지하철을 타고 따라 다녔지만 오늘은 내가 결정하고 교통도 알아보며 다니기로 결심했다. 형에게 보고 배워서인지, 아니면 그래도 나름 며칠을 돌아다녀서인지 나는 꽤나 수월하게 Café tortoni까지 갈 수 있었다. 낮이었지만 카페 앞에는 긴 줄이 있었고 기다림 끝에 내부에 들어갈 수 있었다. 살면서 카페에 줄을 서서 들어가는 것은 처음이었다. 160년 전통을 자랑하듯 카페 내부는 아름답고 고급스러웠다. 이 카페가 유명한 또 다른 이유는 카페 내부에서 탱고 쇼를 보여주기도 해서지만 나는 오늘 저녁의 쇼를 보는 것으로 만족하기로 하고 관람하지는 않았다. (쇼가 하는 시간이 정해져 있어서 시간이 안 맞아서 못 본 이유도 있었다…)

커피와 빵 맛은 내가 커피를 잘 모르는 것일 수도 있지만 특별하다고 느끼지 못했다. 그러나 그곳에서 서빙을 해주시는 분들은 깔끔한 정장 차림에 훌륭한 서비스 정신을 갖고 있었다.

이 도시에 갔던 많은 가게들에서 서빙하는 분들은 스스로에 대한 자부심
이 있어 보였고 깔끔하니 멋있어 보였다. 이 도시는 팁 문화가 있어서 팁
문화가 익숙하지 않은 나에겐 조금 생소했다. 카페에서 오랜만에 여유를
즐긴 후 지하철을 타고 La Cabrera로 갔다.

이 도시의 지하철 노선들은 참 잘 되어있었으나 지하철의 창문이 깨져 있
거나 빠져 있는 것을 몇 번 발견했다. 이 나라의 경기가 참 힘들다는 것을
지하철에서도 느낄 수 있었다.

구글 지도 어플을 보며 La Cabrera까지는 잘 찾아갔는데 맛집이라고 하기
에 너무 한적했고 브레이크 타임이라 하기에는 시간이 점심 시간이었다.
당황스러워 두리번거리던 나에게 어떤 사람이 다가와 손가락으로 가리키
며 저 곳으로 가라고 해주었고 정확히 모르는 나는 일단 그분이 알려준 곳
으로 갔다. 나중에 알고 보니 본점, 분점이 나누어져 있어서 시간 별로 오
픈 시간이 조금 달랐다.

자리에 앉아 어떤 부위를 먹을지 고민하다가 조금 비싸긴 하지만 평소 자
주 먹지 못하는 립을 주문하였고 10가지가 넘는 소스들을 하나씩 찍어보며
맛을 느꼈다. 그중 내 입맛에 맞는 맛있는 소스에 고기를 먹으며 같이 맥주
를 마셨다. 술을 즐기는 편이 아니라고 스스로 생각했는데 여행에서 술이

빠지면 조금 섭섭한 것 같았다. 고기는 정말 맛있었고 분위기도 정말 좋았다. 분위기 좋은 곳에서 먹을 때마다 느끼는 거지만 이런 좋은 곳에 내가 사랑하는 사람들과 함께한다면 더 좋을 것 같다는 생각이 들었다. 혼자 있을 때 편안할 때도 있지만, 사랑하는 사람과 함께하는 것도 큰 행복임에는 틀림없다. 고기를 다 먹고 후식으로 아이스크림까지 먹은 후 영수증을 받았을 때 생각한 것보다 더 나와서 약간 당황스럽긴 했지만 그래도 '이런 사치를 또 언제 부려보냐'라는 생각을 했고 한국에선 하기 힘들 테니 이 순간을 즐기기로 했다.

밥을 다 먹은 후 숙소로 돌아가니 진웅이 형과 만나기로 한 시간이 다가왔다. 분명 오늘 하루 많이 먹어서 배부르다 생각했지만 오늘이 마지막이라는 이유로 공연을 보기 전 소고기를 또 사먹기로 했다. 아르헨티나의 소고기는 정말 맛있고 저렴했다. 매일 먹어도 질리지 않고 행복했다. 이 도시에 지내면서 1일 1 소고기 이상을 했다. 4월 말 바디 프로필을 찍은 뒤 한 달 간 몸 관리를 하지 못 하는 게 걱정은 됐지만, 한국에선 몸 관리를 위해 잘 먹지 못하고 식단 조절을 했는데 여행을 하는 동안에는 정말 맛있는 음식들을 원 없이 먹었다. 우리는 마트에서 소고기를 사와서 흡입을 한 후 공연을 보러 갔다.

한국에서 하지 못한 문화생활을 하는 것이 설렜다. 공연이 시작되었고 음악과 춤을 듣고 보니 정말 눈 깜짝할 사이에 공연이 끝났다. 과연 탱고도 모르는 내가 봐도 되는 공연인지 잠깐이나마 생각했던 것이 우스울 정도로 공연은 즐거웠고 여운이 깊게 남았다. 한국에 돌아가면 공연, 연극 등의 문화생활을 꼭 해야겠다는 생각이 들었다. 그 문화 생활을 함께할 사람이 있으면 더욱 좋을 것 같았고, 꼭 탱고가 아니더라도 다양한 공연이 궁금해졌다. 공연은 밤이 되어서야 끝이 났고 진웅이 형과 나는 마지막 날이니 도심의 야경을 보며 걷기로 했다. 위험할 수도 있고 사람은 드물었으나 우리는 둘이라는 이유로 용기가 생겼고 행복했다. 남미 여행 중 치안이 걱정이 되어 밤에 돌아다닌 적이 거의 없었으나 오늘은 조금 달랐다.

'밤이 되어 감수성이 풍부해진 걸까? 아니면 마지막 날의 여운이 깊었던 걸까.'

이 순간이 너무 행복하고 황홀했다. 내가 지금 이곳에 있음에 감사했고 한국에 돌아가서도 더 열심히 매 순간을 소중하게 생각하며 지내겠다고 다짐했다. 이렇게 오늘 밤도 깊어갔고 만남이 있으면 헤어짐이 있듯 너무 아쉬웠다. 아쉬운 만큼 진웅이 형과의 마지막 밤은 짧게 느껴졌다. 우린 한국에서도 꼭 볼 것을 다짐했고 남은 여행을 무사히 마치자고 약속했다. 아무 생각 없이 도착한 도시였으나 난 이렇게 또 새로운 소중한 인연을 만났고 추억이 생겼다. 부에노스 아이레스에 있던 소중한 추억들에 진웅이 형이 있었고 그 형을 보고 참 많이 배웠으며 행복했다. 나도 언젠간 진웅이 형이 나에게 느끼게 해준 것처럼 다른 사람에게 꼭 느끼게 해주고 싶었다.

"행복하고 감사했어요. 진웅이 형, 한국에서 우리 꼭 봐요."

이과수 폭포 가는 비행기에서 감사 인사 받다! (+16일)

부에노스 아이레스에서 이과수 폭포로 가기 위해 미리 비행기 티켓을 구매한 나는 아침 일찍 일어나서 공항을 가는 버스를 기다렸다. 부지런히 움직여 버스 정류장에 도착했으나 아무리 기다려도 버스는 오지 않았다. 기다리다 걱정이 되어 다른 사람에게 계속 물었으나 정확한 위치를 아는 사람이 없었다.

"이러다가 늦으면 어떡하지?"

불안감이 엄습했고 난 기다리다 결국 택시를 탔다. 택시비가 조금 아깝긴 했지만 비행기를 놓치는 것보단 낫다는 생각으로 공항에 갔다. 공항 옆에는 드넓은 바다가 있었고 날씨가 무척이나 좋아서 물이 빛나 보였다. 약간의 걱정이 있었지만 공항에 무사히 도착했겠다 오늘 하루도 행복한 하루가 되길 바랐다.

비행기를 기다리는 동안 공항에서 샌드위치를 사먹었고 비행기에 무사히 탑승했다. 비행기는 아무 문제 없이 시간에 맞춰 출발했다. 비행기 좌석은 3자리씩 2열로 되어 있었고 짧은 비행이었기 때문에 창가석을 요구하여 좌석 배치를 받았다. 이과수로 가는 길에 밖을 보며 갈 생각에 약간 들떠있었다. 비행기가 출발할 때 내 옆 좌석에 앉아 있던 아이는 계속해서 울고 있었고 많은 사람들의 시선이 그 아이에게 갔다. 아이의 어머니는 아무리 달래봐도 아이가 울음을 그치지 않자 당황한 기색이 역력해 보였다. 알고 보니 옆의 열, 내측에 아버지가 앉아 있었는데 아이가 계속해서 아빠를 불렀다. 승무원들도 한 둘 모이기 시작하였고 자칭 눈치 100단이라 생각한 나는 승무원에게 말을 걸었다.

"아이를 위해서 나와 아버지 자리를 바꿔도 될까요?"

"정말 그래 줄 수 있나요? 그들은 감사하게 생각할 거에요."

그 부모는 스페인어밖에 사용할 줄 몰랐기 때문에 승무원이 나의 말을 대신 전해주었고 그들의 말을 전부 알아듣긴 힘들었지만 감사하다는 말을 계속해서 내게 했다. 그렇게 자리를 바꾸고 나니 아버지와 어머니 사이에 있는 아이는 금방 울음을 그쳤고 승무원들이 나에게 다가와 감사하다고 인사를 해주었다. 자리를 바꾼 후 나의 옆에 앉아 있던 할아버지도 나를 보며 웃음을 띠며 엄지손가락을 치켜세워주었다. 내 주위에 있던 많은 사람들이 나에게 박수를 쳐주었다. 사실 별것도 아닌데 내가 용기를 내어 자리를 바꿔드린다 한 것이 정말 뿌듯하였고 기분 좋았다. 분명 내가 선행을 베푼 사람이었으나 많은 사람들의 감사 인사와 박수를 받으니 오히려 내가 감사했고 행복했다. 짧은 비행이었으나 나는 그렇게 다른 누군가에게 선행을 베푼 사람이 되었고 좋은 사람으로 비춰졌을 것이다. 좋은 사람이 되기 위해 선행을 베푼 것은 아니었으나 역시 사람이 선행을 한다는 것은 그만큼 스스로에게도 큰 행복이란 것이 다시 한 번 느껴졌다. 한국에서도 몇 번 이런 오지랖 넓은 행동을 하고 스스로 행복해 한 적이 있었는데 내가 머나면 이 땅에서, 아니, 이 하늘에서도 하게 될 거라고는 상상도 못했었다. 기쁜 마음으로 있다 보니 시간은 더욱 빠르게 가는 것처럼 느껴졌고 그렇게 비행기는 무사히 이과수에 도착했다. 공항에서 시내까지 가는 법을 알아보지 못한 나는 또 다시 택시를 타고 시내로 갔다.

(확실히 칠레에서부터는 준비한 정보가 부족하였고 그만큼 지출도 더 많아졌다.)

시내에 도착하여 숙소를 알아보고 있는 도중에 부에노스 아이레스 숙소에서 알게 된 지환이 형에게 연락이 왔다. (우린 이과수 일정이 거의 비슷하

단 걸 알았고 이과수에서 보기로 미리 약속했었다.) 버스 정류장에 도착해서 만나자는 연락이 왔고 우린 그렇게 함께 이과수 투어를 하기로 했다. 오늘은 투어를 하기에는 늦은 시간이라 숙소와 환전할 곳을 알아보며 마을을 돌아보기로 했다. 날씨는 약간 습했지만 산책하기엔 적당했다. 산책을 하며 이야기를 나눴는데 우린 제법 통하는 것도 많았다. 함께 환전, 산책을 하다 보니 허기가 지기 시작하여 뷔페를 가기로 했다. 밥을 먹으러 가는 길에 부에노스 아이레스 첫날 밤 아사도 모임 때 알게 된 수현 누나를 우연히 만나게 되었다. 우린 반가워 하며 수현 누나의 동행분과 함께 내일 투어를 같이 하기로 약속했다. 그 후 우린 뷔페로 갔는데 무게당 가격을 측정하는 가게였기 때문에 많이 먹지 못해 저녁에 숙소에 가서 밥을 해먹기로 했다. 수현이 누나가 머무는 숙소가 저렴하고 짐도 보관된다는 말에 우리도 그곳에 가서 방을 얻었다. 지환이 형과 나는 바로 근처 마트에서 고기와 와인을 구매해서 숙소에서 먹었고 오늘은 내일을 위해 일찍 잠들기로 했다. 오늘 하루도 참 많은 일들이 있었던 것 같다. 아침부터 버스를 못 타 당황하기도 했으며 타국에서 나름 뿌듯한 선행을 한 것 같아 행복하기도 했다. 오늘도 결과적으로 행복한 일이 있었고 행운이 따라와서 소중한 동행들이 생겼던 것 같다.

내일 이과수 투어 때는 어떤 행복한 일이 있을까?

아름다운 이과수 폭포
그곳에서 아름다운 우정을 보다 (+17일)

오늘 하루도 어김없이 아침 일찍 시작하였다. 우리는 일어나서 조식을 먹으러 갔다. 다양한 빵들이 있었고 함께 먹었던 한국인 동행들은 조식으로 빵이 너무 지겹다 했다. 나는 빵을 좋아해서인지, 여행기간이 짧아서인지 빵이 정말 맛있었다. 한국에 있을 때도 운동하며 식단 관리를 하는 것이 일상이었기 때문에 밥을 안 먹어서 더욱 적응하기 쉬웠던 것 같다. 밥을 먹은 후 숙소에 짐을 맡겨 놓고 이과수 폭포로 가는 버스를 탔다. 오늘 또한 날씨가 맑아 이번 여행에서 날씨 행운이 계속되는 것 같아서 행복했다.

입구에 도착하였을 때 우리는 약간 당황스러웠다.

"뭐야? 가이드 북에서 나온 가격과도 다르고.. 한두 달 만에 가격이 또 오른 거야?"

아르헨티나의 모든 가격들이 빠르게 오르고 있다는 것을 알았지만 몇 달 사이에 계속해서 오르는 티켓 값에 당황했다.

"그래도 세계 3대 폭포 중 하나인 이곳에 와서 가격이 조금 올랐다고 못 들어갈 수는 없지."

우리는 곧 보게 될 이과수의 아름다움을 느끼기로 하고 그만한 가치가 있을 것이라 믿었다.

우리는 악마의 목구멍이 가장 핫플레이스답게 사람이 많다는 것을 알았고 이따 늦은 시간에는 악마의 목구멍까지 가는 열차 줄이 훨씬 길 것 같아서 바로 갔다. 입장하고 바로 갔음에도 열차를 기다리는 줄은 꽤 길었고 우리는 기다림 끝에 악마의 목구멍 근처까지 갔다. 열차를 내려서도 꽤나 멀어서 걷고 또 걸었다. 가는 길에 너구리를 닮은 듯한 동물들이 많았고 처음에는 귀여워서 같이 사진도 찍으며 갔지만 알고 보니 사람을 공격하기도 하는 난폭한 동물이니 조심하라는 경고 문구가 곳곳에 있었다. 실제로 가는 길에 외국인 관광객이 봉투를 들고 다녔는데 그것을 몇 마리가 동시에 달려들어서 찢고 물건을 훔쳐가는 모습을 목격하였다.

악마의 목구멍으로 가는 길은 멀었지만 걸을수록 엄청난 물소리가 들렸고 그 소리를 들으니 점점 가슴이 뛰기 시작하였다. 거의 다 도착했을 때 멀리서 엄청난 물이 솟아오르는 것이 보였고 구경하고 온 사람들은 다들 흠뻑 젖은 채 반대편으로 걸어왔다. 준비한 우비를 미리 입고 그렇게 악마의 목구멍 바로 앞까지 갔다. 처음 본 악마의 목구멍은 정말 압도적이었다.
"와…", "와…"
우리는 감탄사가 계속해서 나왔고 그 이외에 말을 하지 못했다.
왜 악마의 목구멍이란 이름이 생겼는지 눈앞에서 보니 이해가 갔다. 엄청난 양의 물이 밑으로 떨어지면서 솟아오르기도 하고 그 소리는 정말 정말 컸다. 내 몸이 빨려 들어갈 것만 같은 기분이었고 '이 많은 물은 대체 어떻게 생겼을까?'라는 의문과 함께 대자연 앞에서 난 한없이 작은 듯했다. 대자연의 힘 그리고 웅장함, 폭포를 계속 보고 있으니 가슴이 벅차올랐다. 우린 어느 정도 구경하고 오늘도 어김없이 인생 사진을 건지기 위해 서로를 찍어주었다. 이과수를 보기 위해 우비와 휴대폰 방수 팩을 챙기지 않았다면 아마 물에 빠진 생쥐 꼴이었을 것이다. 우리는 다양한 포즈로 사진을 여러 장 찍었고 악마의 목구멍의 여운을 뒤로한 채 본격적으로 이과수 폭포 관광을 시작했다.

아르헨티나 이과수는 규모가 워낙 크기 때문에 다양한 각도에서 구경할 수 있었고 폭포가 한눈에 보이는 곳, 바로 앞에 물이 떨어져서 물이 튀는 것을 맞을 수 있는 곳 등등 다양한 재미를 느낄 수 있었다. 이과수 폭포의 또 다른 매력 중 하나가 걷다 보면 육안으로도 보이는 무지개가 참 많다는 것이다. 살면서 이렇게 선명하고 많은 무지개를 보는 것은 처음이라 기분이 좋았다. 워낙 진하게 보이기 때문에 사진으로 찍어도 잘 보이고 정말 아름다웠다.

우리는 보트 투어를 하러 가기 위해 조금씩 내려가다 보니 다리가 아파 힘들어하고 있었다. 잠시 후 우리 앞에 셀카봉으로 사진을 찍고 있는 두 남자가 보였다. 한 남자는 휠체어를 타고 있었고 다른 남자는 셀카봉을 들고 있었다.

"저기, 실례가 안 된다면 우리 사진을 찍어줄 수 있을까?"

"물론이지, 찍어줄게. 하나, 둘, 셋 하고 찍어줄게. 여러 장으로."

"고마워!"

우린 그들의 사진을 다양한 각도로 찍어주고 휴대폰을 건네주었다.

"너희 참 행복해 보이고 멋있어 보인다."

"내 친구는 다리가 아파서 여행을 하는데 많이 힘들어. 이번 이과수를 보러 오는 것도 많은 고민을 했어. 그래도 우린 세상에서 제일 소중한 친구이기 때문에 이 좋은 곳에 함께 왔어."

"참 멋있고 이런 우정이 너무 부럽다. 응원할게. 남은 여행도 행복하길 바라."

우리는 진심으로 행복한 그들의 표정을 보니 덩달아 행복해진 기분이었고 힘들다는 말을 계속했던 것이 부끄러웠다. 셀카를 찍으며 진심으로 행복해 하던 그들의 미소와 아름다운 우정은 아마 평생 잊지 못할 것 같다.

보트 타는 곳에 거의 도착할 때쯤 파도를 향해 가는 보트들의 모습을 보니 무서움과 즐거움이 공존하는 가슴 떨림이 느껴졌다. 보트 투어 선착장에 도착해서 우비와 구명 조끼를 입고 난 뒤 투어는 시작되었고 생각보다 빠른 보트 속도에 나도 모르게 소리를 질렀다. 폭포를 향해 가면서 계속 물을 맞으니 우비를 입어도 소용이 없었다. 우리는 소리를 지르며 놀이 기구를 타는 기분이었다. 투어가 끝난 후 속옷까지 모두 젖어 기능성 옷을 입고 오길 잘 했다는 생각이 들었다. 날씨가 좋아서인지 옷은 금방 말랐고 보트 투어를 마지막으로 아르헨티나 이과수 투어는 끝이 났다.

버스로 가는 길이 너무 피곤하였지만 내일은 또 브라질 국경에서 이과수 폴스를 관람해야 하기 때문에 내일 아침에 국경을 넘을지 오늘 저녁에 넘어갈지에 대해 고민을 해야 했다. 버스 정류장에 도착하였고 숙소로 돌아가 짐을 찾았는데 시간을 보니 막차를 탈 수 있었고 우린 오늘 넘어가기로 했다. 수현 누나와 다른 일행은 내일 아침에 온다고 하였다. 버스를 타려는데 시간이 되자 줄을 기다린 사람들이 다 타지도 못했는데 버스가 갑자기 문을 닫고 후진을 하였다. 앞에 있던 사람들과 우린 당황하였다. 소리를 지르기도 하고 따라가 문을 두들기는 사람도 있었다. 심지어 매표소 직원도 당황하며 나와서 소리를 치니 겨우 버스는 멈췄다. 우린 대체 이게 무슨 일인가 하고 당황스러웠다.

"뭐야 대체? 시간되었다고 기다리던 사람들을 무시하고 간다고?"

정확한 이유는 알 수 없었으나 앞 승객들과 버스기사가 말다툼을 하며 출발했다. 그때까지 참 이상한 버스기사라고 생각했고 아르헨티나에서 브라질 국경을 넘어가기 때문에 우린 중간에 내려야 했다. 미리 검색해보니 이 시간을 기다려주는 기사 분들보다 그냥 가는 경우가 많기 때문에 다음 버스를 타거나 택시를 타야 한다고 했다. 우린 마지막 버스였기 때문에 택시를 탈 것을 생각하고 있었다. 그런데 버스기사님이 직접 내려서 우리를 입국 심사하는 곳까지 데려다 주었고 우리 세 명의 입국심사가 끝날 때까지 기다려 주었다. 참 고맙기도 하고 아까 이상한 사람이라 생각했던 것도 미안해지는 순간이었다. 우리는 다시 그 사람을 칭찬했고 참 아이러니하고 웃긴 상황이었다. 그렇게 브라질 이과수 폴스 마을에 도착하였고 곧 있으면 내린다는 말에 나는 서서 갔다. 내 뒤에 있던 어떤 외국인 아저씨는 빵을 파는 사람처럼 보였고 바구니에 똑같이 생긴 많은 빵이 보였다. 그분은 동양인인 내가 신기했는지 계속해서 쳐다보며 미소를 지었고 나도 계속 웃으며 인사를 건넸다. 그리고 나서 갑자기 내가 알아듣지 못하는 스페인어를 하더니 빵 한 봉지를 나에게 주었다. 무슨 말인지는 몰랐으나 판매하는 사람과 나를 무시하는 행동으로 느껴지지 않았고 그의 마음이 느껴졌다. 조금이라도 돈을 지불하려 했으나 그는 손사래를 치며 웃었다.

나는 감사하다는 인사를 계속했고 진심으로 감사했다.

"와, 나 진짜 배고팠는데 배고픈 게 보였나? 내가 불쌍해 보였나?"

"너 모습이 지금 조금 불쌍해 보이긴 해.
너만한 배낭 들고 있는 모습마저도."

"에이… 너무 피곤해서 그래요!!"

우린 그렇게 장난을 치며 버스에 내렸다. 이렇게 나에겐 감사하고 소중한 추억이 또 하나 생겼다.

우린 미리 알아본 호스텔로 갔고 8인실이었으나 손님이 없어 우리만 쓰게 되었다. 짐을 정리하고 근처에 마트와 버스

정류소가 있다는 것을 확인하고 밖으로 나갔다. 내일 아침 타게 될 버스 정류소 위치도 다시 한 번 확인하며 마트로 갔고 그곳에서 맛있는 고기와 맥주를 샀다.

"브라질 소고기도 엄청 저렴하네요? 여긴 천국이에요."

"한국에서 많이 못 먹는 소고기 여기서 원 없이 먹다 가자."

숙소로 돌아가 우린 고기를 맛있게 구워 먹었고 맥주 한 잔과 함께 이야기를 했다. 오늘 하루도 아침 일찍부터 시작하고 투어를 하며 많이 걷고 움직이다 보니 우리는 너무 피곤했다. 피곤하긴 하였지만 오늘 하루도 정말 행복했다. 어느덧 나의 여행 마지막 나라인 브라질에 온 것이 신기하며 섭섭했다. 이제 딱 2일 간의 남미 여정이 남아 있었고 아직 끝나지 않았지만 무사히, 그리고 행복하게 여행을 마무리해야겠다고 다짐했다.

혼자 왔지만 이렇게 이야기를 나눌 수 있는 동행이 있는 것에 다시 한 번 감사했다. 우린 이런 저런 이야기를 계속하며 여행 일정이 아직 많이 남아 있는 그들을 부러워하기도 했다. 역으로 그들은 이제 조금은 지친다며 한국에 돌아가는 나를 부러워했다.

몸은 너무 피곤했지만 감수성이 풍부해진 오늘은 곧바로 잠들기 힘들 것 같다. "이대로 무사히! 행복하게! 여행 마무리하자!"

브라질

스카이다이빙 못한 한을 헬기 투어로 풀다!
그리고 남미의 마지막 밤, 리우 (+18일)

아침 일찍이긴 하였으나 알람이 아닌 햇빛이 나의 잠을 깨웠다.

오늘은 브라질 이과수에서 유명한 헬기 투어를 해보기로 지환이 형과 약
속했다. 헬기 투어는 미화로 약 100달러나 되지만 오늘 경비도 역시 스카이
다이빙이 취소되어 남은 돈으로 충당이 되었다. 스카이다이빙이 취소되어
다양한 활동을 할 수 있는 것이 오늘도 역시나 행복했다.

우린 버스를 타러 갔고 버스에서 파라과이에 살고 계신다는 한국인 아저
씨를 만났다.

"한국 분들인가 보네요. 저도 파라과이에 살고 있는 한국 사람이에요."

"안녕하세요! 이과수 폴스 보러 갈 생각에 너무 설레요."

"저도 4번째 여행인데 갈 때마다 새롭고 좋았어요. 참 아름다워요."

우린 그분이 파라과이에 이민을 간 이유, 파라과이의 역사 등에 대해 듣다
보니 시간가는 줄 몰랐다.

버스가 도착하여 인사를 드린 후 내리는 순간,

"헬기 투어하러 어디로 가야 돼?"라고 말이 끝나기 무섭게 한 외국인 아주
머니가 우리에게 말을 건넸다.

"너희 헬기 투어 할 거지? 따라 와! 늦어, 이러다가!"

우리는 반 끌려가듯 뛰어갔고 가는 길에도 헬기 투어가 맞는지 재차 물었
다. 의심 반 기대 반으로 뛰어가다 보니 그 장소에 도착했다.

"뭐야?"

손님은 우리를 제외하고 2명 정도 있었다. 정신 없어 하기에는 너무 한가해 보였고 조용한 분위기였다. 아주머니도 민망했는지 우리에게 인사를 하며 매표소 까지 안내해주고 돌아갔다. 나중에 알게 된 것인데 그 근처에는 그런 중개인이 꽤 많았고 관광객을 데리고 가면 중개비를 받는 사람들이었다. 정신 없게 한 뒤 늦었다고 하면서 손님을 빠르게 끌어오는 상술 같은 것이었다. 우린 곧바로 결제를 했고 투어 시간은 생각보다 정말 정말 짧다는 말과 함께 한 번에 4명이 탈 수 있기 때문에 우린 앞서 먼저 출발한 헬기가 도착하면 바로 탑승을 할 수 있다고 하였다. 버스에 내리자마자 너무 정신이 없어서 우린 혼이 나갔었지만 그래도 바로 탈 수 있다는 생각에 금방 마음이 진정되었다.

밖에서 헬기를 기다리는 동안 우리는 사진을 찍으며 시간을 보냈고 그러다 보니 저 멀리서 큰 소음과 바람이 몰아치며 헬기가 돌아오는 것이 보였다. 그 모습을 보니 우린 마치 어린 아이들처럼 들떴고 신이 났다. 헬기가

도착한 후 엄청난 바람이 불었고 여러 명의 관계자들이 우릴 끌어주며 헬기에 태웠다. 나는 관계자의 안내에 따라 운 좋게 조종석 옆자리에 앉을 수 있게 되었다.

헬기를 살면서 처음 타봤는데 비행기와는 또 다른 느낌이었다. 바닥 부분은 투명해서 밑이 보였고 눈앞의 많은 스위치들을 보니 게임을 하는 느낌도 들었다. 안전벨트를 착용 후 나는 연신 셀

카를 찍어댔고 헬기가 출발함과 동시에 우린 환호성을 질렀다. 헬기가 출발하고 조금 날아가니 금방 이과수 폭포에 도달했고 이과수 폭포 전체가 한눈에 보였다. 어제 우리가 갔던 위치, 악마의 목구멍, 보트 투어를 하는 모습들도 보였다. 무엇보다 잊을 수 없는 순간은 폭포 전체가 보이면서 무지개가 3개가 보였고 위에서 보니 무지개가 움직이는 듯한 모습이 가히 장관이었다. 아름다운 이과수를 하늘에서 볼 수 있다는 것만으로도 행복했겠지만 헬기 투어의 또 다른 재미가 있다. 그것은 바로 조종하시는 분이 헬기를 바닥으로 향해 기울이는 것을 몇 번 해주는데 마치 이과수 폭포로 떨어지는 듯한 기분이 든다. 그리고 옆으로도 기울일 때마다 우린 모두 환호했고 마치 놀이기구를 타는 기분이었다. 그렇게 짧은 시간의 헬기 투어는 끝이 났고 우린 헬기 앞에서 투어사에서 전용으로 찍어주는 사진 촬영을 끝으로 마무리됐다. 놀이공원에 가면 놀이기구를 타는 모습을 찍어 끝나면 바로 인쇄해주어 팔듯이, 여기 또한 그랬고 우린 헬기 투어에 마음이 이미

날아갔는지 한화로 2만 원 가까이 되는 가격을 지불하고 사진을 구매했다. 우린 이제 직접 브라질 이과수를 보기 위해 입구까지 걸어갔고 걸어가는 동안에도 안 탔으면 후회했을 것이라며 돈이 아깝지 않을 정도로 좋았다는 말을 반복했다.

입구에 도착하니 아까 우리에게 상술을 부려 당황하게 한 아주머니가 보였다.

"끝나고 왔구나. 즐거웠니?"

"너무 재밌고 최고였어!"

아주머니는 우리에게 사진을 찍어주겠다며 휴대폰, 위치, 각도 등을 바꿔가며 많은 포즈를 요구했다. 우리의 사진을 30장이 넘게 찍어주는 아주머니의 열정이 대단했다.

"이 정도 서비스 정신이면 중개비가 포함된 게 나쁘지는 않은데요?"

"이분은 장사의 신이 분명해.."

그 후 나는 오후 비행기를 타고 리우로 가야 했기 때문에 빠르게 매표소에서 티켓을 구매하고 입장을 했다. 처음에 2층 버스들이 나란히 있었는데 우린 곧바로 2층으로 가 바람과 햇빛을 느꼈다. 버스가 출발한 뒤 목적지에 도착하여 내리니 어제와는 조금 다른 이과수의 매력이 느껴졌다.

'어제 아르헨티나에서 투어할 때는 이과수를 체험하는 기분이었다면 오늘은 관람하는 기분이었다.' 오늘의 날씨는 어제보다 더욱 맑았고 그래서 무지개가 더욱 선명하고 많이 보였다. 오늘도 사진을 찍는 내내 너무 마음에 들었고 눈으로만 보아도 너무 아름다웠다. 브라질 이과수는 산책 코스가 어느 정도 잘 조성되어 있었고 우린

걷다가 한국인 남자 2명을 만났다. 서로 사진을 찍어주며 짧게 대화를 나눴다.

"두 분은 같이 여행하는 분들이세요? 저희는 친형제에요."

"아니요. 저희는 부에노스 아이레스에서 만난 동행이라 이과수 일정을 함께하고 있어요."

"좋네요. 혼자 여행하는 것도, 동행이 있이 여행하는 것도 소중하죠. 저희는 친형제이고 둘 다 세계여행 중이에요. 근데 저희는 일정이 달라요. 다르게 하다가 같이 갈 곳들을 정해 같이 여행하는 곳들도 있어요. 그래서 가끔은 혼자인 것도 소중하고 함께하는 것도 소중하다는 것을 더욱 느끼고 있어요."

1년 넘게 여행 중이라는 그 형제가 부럽고 멋있었다. 여행 스타일, 마음 가

짐, 그리고 무엇보다 세계를 돌아다니며 많은 나라의 문화를 느껴보며 견문을 넓히는 그들이 참으로 부럽고 멋있었다. 그 순간 한국에 있는 세상에서 제일 친한 친구이자 하나밖에 없는 나의 형이 생각이 났다. 나도 형과 지금 함께한다면 행복하겠다는 생각이 들었다. 그래서인지 저렇게 떠난 형제의 우애와 용기가 더욱 공감되고 부러웠다. 한국에 가면 형에게 이야기를 많이 들려주어 공부하기 힘들고 바쁜 형에게 간접경험을 해주고 싶었고 나중에는 꼭 형도 떠나는 날이 왔으면 좋겠다는 생각이 들었다.

'한국에 가면 형이랑 해외 뿐만 아니라 국내 여행도 자주 다녀야지.'

그렇게 우린 산책길을 계속 걸었고 이과수 폭포에 감탄했다. 걷다 보니 어
제 함께했던 동행들과 다시 만나게 됐다. 하루 만에 보는 사람, 한 시간 만
에 보는 사람도 있었지만 무척이나 반가웠다. 나는 시간이 촉박하긴 했으
나 그래도 산책 코스를 다 돌았고 버스를 타러 가야만 했다.

이과수에서 계속 함께했던 나의 동행 지환이 형과 아쉬운 작별 인사를 했
다. 여행기간에 참 운이 좋게도 좋은 동행을 많이 만나서 난 정말 인복이
많은 행복한 사람이라고 느꼈다.

아쉬움을 뒤로하고 공항으로 가는 버스를 탔고 무사히 공항에 도착하여 리우로 출발할 수 있었다. 오늘도 역시 나는 창가석에 앉았고 창 밖을 바라보니 구름과 태양이 참 아름다웠다.

저녁이 되어서야 리우에 도착하였고 미리 알아본 공항버스를 타기 위해 버스 정류소를 찾았다. 브라질의 언어는 포르투갈어이기 때문에 이전에 스페인어를 듣는 게 조금 익숙해졌어도 약간의 걱정을 했다. 물론 스페인어를 잘 말하거나 잘 알아듣는 건 아니었지만 그래도 며칠간 들은 언어라고 친숙해졌나 보다. 버스 정류소의 정확한 위치를 묻기 위해 공항 내 직원에게 물어봤는데 걱정과는 달리 책과 바디랭귀지로 손쉽게(?) 버스 정류소를 찾아갈 수 있었다.

버스에 탑승하여 코파카바나 해변 근처로 갔다. 리우의 날씨는 생각보다 덥고 습했으며 남미 여행 중 가장 더운 도시였다. 갑작스러운 날씨 변화로 나는 겉옷을 배낭에 넣어두고 반팔 티셔츠만 입고 다녔다. 해변 근처에 많은 호스텔이 있었으나 오늘은 마지막 밤이기 때문에 혼자 쉬고 싶어서 싱글 룸이 있는 곳을 찾아 다녔다. 3곳 정도를 찾아갔는데 생각한 것보다 훨씬 비싼 가격에 놀랐고 마지막 날이기 때문에 큰 돈을 쓸까 고민을 하다가 참기로 결정했다. 다른 곳으로 방문하여 8인실로 예약을 해서 들어갔는데, 행운이 따른 것일까? 이번에도 같이 쓰는 사람이 아무도 없었고 싱글 룸 같은 8인실을 이용할 수 있었다. 숙소에 도착하여 배낭에 있는 짐을 풀고 배가 고팠기 때문에 해변으로 나가보기로 했다. 리우라는 도시가 치안이 안 좋다는 말이 많았기 때문에 걱정이 됐지만 해변 근처는 관광객과 사람이 많아서인지 위험한 느낌은 전혀 받지 못 했다. 오히려 너무 자연스럽게 편안한 차림으로 다니는 사람들이 많아서 휴양지 느낌이 가득했다. 해변 근처에는 포장마차 느낌의 음식을 파는 곳들이 많이 보였고 난 메뉴판을 보고 다니면서 치킨이 있는 곳을 찾아 들어가 자리에 앉아 치킨과 맥주를 먹었다.

(아, 참고로 내가 세상에서 제일 사랑하는 음식은 햄버거가 아닌 치킨이다.)

그곳에는 노래를 부르며 연주하는 사람이 있었는데 2~3곡을 부르고 갑자기 내 이야기를 했다. 이 근방에서 동양인을 보지 못했는데 아무리 리우에 많은 한국 사람이 방문을 하더라도 그들의 눈에는 내가 신기해 보이나 보다. 그의 말을 다 알아듣기는 힘들었으나 멀리서 온 나를 위한 환영 인사 같았다. 그 가게에 있던 손님들도 나에게 박수를 보내며 환영 인사를 해주었다. 그들의 박수는 환영의 박수였겠지만 이번 여행의 마지막 밤인 나에게는 무사히 여행을 마치는 것을 축하해주는 의미로도 받아들일 수 있어서 더욱 행복했다. 치킨과 함께 맥주를 한 잔, 두 잔 마시며 휴대폰에 있던 천 장이 넘는 사진들을 보았고 길게는 3주 전부터 오늘까지의 사진들을 하나 하나 보며 추억했다. 마지막 밤에 혼자였지만 외롭기보다는 오히려 혼자였기에 편안하고 여유로웠다. 사진을 보고 길을 걷는 사람들, 해변에서 비치 발리볼을 하는 사람들, 연주하는 사람, 이곳에서 함께 시간을 보내는 사람들 등 많은 사람들을 보는 것만으로도 충분히 재미있었다. 그렇게 시간을 보내다 보니 어느덧 밤 11시가 넘었고 나는 숙소로 돌아갔다.

숙소에서 무료로 제공해주는 모히또를 마시며 내일 한국으로 가는 비행기를 타기 전 남미에서 마지막 일정인 거대 예수상을 관람하기 위한 정보를 알아 보았다. 확실한 정보를 찾지 못하여 택시를 타야겠다는 생각을 하며 나는 침대에 누웠고 마지막 밤이기 때문에 그냥 잠드는 것이 무척 아쉽기는 하였지만 오늘 하루도 참 많은 일이 있었고 감사하다고 생각했다.

"정말 마지막 밤이네, 남미는 잘 갈 수 있을까 걱정했던 내가 마지막 밤이라니.. 딱 하루만 무사히 잘 마치자!"

남미의 마지막 일정 거대 예수상!
남미야 안녕, 나 또 올게! (+19일)

오늘은 아침에 눈을 떴을 때, 가장 상쾌하지 않은 하루였다.

자는 사이 온몸에 모기가 물린 자국으로 도배가 되었기 때문이다. 자연스러운 걸 좋아하는 나는(?) 아무도 없었기 때문에 상의를 안 입고 있었고 나의 건강한 피는 브라질 모기를 배부르게 해주었다.

참 신기하게도 남미 여행을 하면서 매일 날씨가 좋았던 것이 감사하고 행복했는데 마지막 날에는 나의 아쉬운 마음처럼 엄청난 양의 비가 내리고 있었다. 온몸을 긁으며 난 혼잣말을 했다.

"밖에 무슨 비가 이렇게 많이 오는 거야? 우비는 이과수에서 버리는 게 아니었는데, 바보."

여행이 끝나지 않았음에도 약간의 방심 때문에 바보같이 실수한 나를 자책했다. 나는 빠르게 준비를 했고 어젯밤 거대 예수상으로 가는 정확한 방법을 못 찾았기 때문에 택시를 타야 했다. 택시비 사기를 당하지 않기 위해 호스텔 직원에게 대략적인 택시비를 물었다.

그는 손사래를 치며 나에게 말했다.

"택시비 너무 비싸! 해변가 근방에 투어하는 밴이 있어. 거기 가서 투어를 신청하면 훨씬 저렴한 가격에 다녀올 수 있을 거야."

"헐… 정말? 나는 그것도 모르고 어제 찾아보다가 어떻게 가는지 몰라서 택시 타려 했는데, 고마워."

"내가 여기에 몇 년 살았는데? 기다려 봐, 위치랑 이름 적어줄게."

오늘은 바로 한국으로 가야 해서 일정이 조금이라도 틀어지면 비행기를 놓치기 때문에 약간 불안했지만, 리우에 와서 거대 예수상을 못 보면 후회할 것 같아 용기를 내어 찾아갔다. 해변을 따라 밴을 타는 곳을 향해 갔지만 지도를 아무리 보아도 찾기 힘들었다. 나는 점점 불안해졌다. 여기서 공항까지 가는 버스도 알아보고 타는 위치도 알아봐야 했기 때문에 생각이 더 복잡해졌다.

'아, 어쩌지. 진짜. 그냥 공항 갈까?'

'아니야, 리우에서 거대 예수상도 못 보고 갈 것 같으면 여기 왜 왔어?'

나의 마음 속에서는 서로 끝없는 대화를 했다.

찾다 보니 관광객 전용 인포메이션을 발견했다. 하지만 그들과 소통하기는 조금 힘들었고 어플을 이용하기도 하고 영어를 사용해도 답을 찾을 수 없었다. 결국 포기하고 해변을 걷는데 길거리 음식점에서 호객행위를 하는 아저씨가 큰소리로 나를 불렀다. 여기서 밥을 먹으라고 하였는데 내가 거대 예수상에 가야 한다고 거의 울상을 지으며 말하자 그가 정말 편안한 웃음을 지으며 친절하게 위치를 알려주었다. 세 번, 네 번 그는 정말 친절하게 길을 잃어버리지 말라며 위치를 강조해 주었다. 나는 고맙다는 인사와 함께 이따가 버스를 타기 전 시간이 된다면 여기서 꼭 밥을 먹겠다고 약속했다.

그렇게 난 무사히 매표소를 찾아 갈 수 있었고 저렴한 가격으로 투어를 신청할 수 있었다. 아까는 분명 많은 비가 내렸으나 언제 왔냐는 듯 거대 예수상으로 가는 길에는 비가 그쳤다. 밴을 타고 목적지까지 간 다음 그곳에서 거대 예수상을 보러 가기 위해 엘리베이터를 타거나 걸어가야 한다고 했다. 그곳에 있던 젊은 직원들이 계속 나를 쳐다보더니 말을 걸었다.

"너 배낭가방 참 예쁘고 신기하다. 어디서 산 거야?"

"이거 한국에서만 파는 거야. 한정판이라 미리 주문해야 돼."

"한국은 참 멋지구나. 신기한 배낭가방이야. 살면서 처음 봤어. 혹시 배낭

가방 사진으로 찍어도 될까?"

"물론이지!"

그렇게 한 사람이 사진을 찍었고 그 후 몇 명이 더 다가와 내 가방 사진을
찍었다. 그뿐만 아니라 나와 같이 사진을 찍자고 하는 사람까지 생겨났다.
신기한 배낭가방 덕분에 연예인이라도 된 것 같은 기분이었다.

나는 엘리베이터를 타지 않고 걸어서 예수상을 보러 갔고 가까워질수록
거대 예수상은 훨씬 크고 웅장해 보였다. 정상에 도착한 그곳에서는 리우
도시가 한눈에 보였다. 비가 그쳐서 더욱 잘 보였다.

보는 각도에 따라 바다가 보이기도 하고 도심이 보이기도 하였고 마치 한국의 남산타워나 부산타워 같은 곳이었다. 비가 왔으면 못 볼 경치라 하니 눈에 이 풍경을 담기 바빴다. 어느 정도 구경을 다 하고 나니 하늘에 갑자기 빠르게 구름이 끼기 시작하였다. 나는 주위에 있던 관광객들에게 사진을 찍어줄 것을 부탁하였고 거짓말 같이 그 순간 비가 내리기 시작하여 거대 예수상이 흐리게 보였다. 나와 찍은 거대 예수상의 모습은 흐린 모습밖에 없어서 조금은 아쉬웠지만 그래도 짜증나기보다는 비가 잠시 그친 시간에 내가 이곳에 올 수 있었다는 것에 감사했다.

여행을 하며 사소한 것에 불평하기보단 그것마저도 감사할 줄 알게 되는 것 같았다. 내려가는 길에도, 밴을 타고 다시 해변으로 갈 때도 하늘에 구멍이라도 난 것처럼 비는 상당히 많이 왔다.

해변에 다시 도착하였을 때 시간을 보니 밥을 먹고 가도 충분할 것 같았고 나는 아까 나에게 도움을 준 곳으로 갔다. 아까 친절하게 나에게 길을 설명해줬던 그는 큰소리로 반겨주었다.

"친구야!!!!!!!!!!!!!!!!!!!!!!!!!!!! 예수상은 어땠어? 뭐 먹을래? 우산 없니? 이따 몇 시 비행기야?"

그는 나의 답을 듣기도 전에 많은 질문을 했다.

우린 서로 친구라는 단어를 외치며 이야기를 했고 아침에 조식을 못 먹어 배가 고팠던 나는 그곳에서 가장 양이 많은 메뉴를 주문했다. 엄청나게 많은 양이었지만 식탐이 많은 나는 하나도 남김없이 다 먹었고 그 친구는 나를 보며 키는 작은데 잘 먹는다며 장난을 쳤다.

나는 웃으며 그에게 공항 버스를 이 앞에서도 탈 수 있냐고 물었고 그는 물론이라며 비가 내리니 여기에 가만히 있으라고 했다. 그의 호탕한 웃음과 큰 목소리는 끊임 없었지만 부담스럽다는 생각은 들지 않고 오히려 입가에 미소를 짓게 해주었다. 내가 버스를 놓칠까 불안해 계속 서 있자, 비를 맞으니 걱정 말고 앉아 있으라며 나를 계속 앉아 있게 했다. 그는 비가 수없이 쏟아지는데 우산도 쓰지 않고 모자만 쓴 채로 나가 버스를 잡아주었다. 버스를 타는 순간에도 그는 기사님에게 큰소리로 이 친구는 국제공항에 가니 꼭 알아주라고 강조해주었다.

정말 영화에서 나오는 연인들처럼 애틋하고 아름답지 않은가?

이것은 실제 이야기고 그 영화 같은 장면은 나의 일이었다. 물론 그 상대방이 여성이 아닌 아저씨긴 하지만 나에겐 충분히 영화 같은 일이었다. 그의 이름은 묻지 못했고 그는 다리가 조금 불편했지만 장담컨대 누구보다 열정적이며 긍정적인 멋진 사람일 것이다.

"많이 보고 싶을 것 같아요. 그리고 감사했어요."

"이름 모르는 당신의 얼굴은 점점 희미해져 가겠지만, 당신의 호탕한 웃음과 따뜻한 배려는 절대 잊지 않을게요. 내가 만약 리우에 또 온다면 우리가 만날 수 있을까요?"

그에게 꼭 전하고 싶은 말이었다.

나는 버스에서 잠이 들었지만 옆에 계시던 할머니가 아까 그 친구 덕분에 내가 내리는 곳을 알았는지 나를 깨워주셨다. 나는 감사 인사를 드렸고, 한국을 가기 전 영국 런던에서 경유를 해야 했다. 할머니께서는 내가 안쓰러워 보였는지 수화물을 부치는 곳까지 친절하게 나를 안내해주었다.

"런던에 가니?"

"네, 한국에 가기 전 경유해요."

"나는 다음 주에 가게 될 것 같은데 아쉽구나, 조심히 가렴."

"아쉽네요. 같이 갔으면 좋았을 텐데.. 친절하게 알려주셔서 감사합니다!"

그렇게 나는 마지막까지도 소중한 인연을 만났고 도움을 받아 비행기에 무사히 탔다. 남미에서 19일 총 3주간 여행이 참 행복했고, 어제만 해도 아쉬움이 컸는데 한국에 가서 소중한 사람들과 평범한 일상으로 돌아간다는 것이 반갑고 기대됐다. 여행 덕분에 일상의 소중함을 배웠나 보다.

"행복했습니다. 남미, 평생 잊지 못할 추억이 생겼어요.
꼭, 다시 올게요. 그때는 사랑하는 사람과 함께."

번외

7시간 30분의 런던 경유

긴 비행을 할 때는 창가석보다는 내측 좌석의 장점이 많다고는 하지만 나는 이번 여행 동안 비행기를 탈 때 창가석을 고집했다. 이유는 딱 하나 하늘 위의 모습을 조금이라도 더 보고 싶었기 때문이다.

영국 런던에 거의 도착할 때까지도 나는 고민에 빠져있었다. 그 고민은, 8시간이 안 되는 경유 시간에 잠깐이라도 밖을 다녀오느냐 마느냐였다. 사실 여유를 가지고 그 장소를 느끼는 것이 최고긴 하겠지만 LA에서 가만히 공항에 있었던 게 아쉬워서인지 잠깐이라도 나가고 싶은 마음이 컸다. 런던 히드로 공항은 입국 심사도 조금 까다롭고 공항 크기도 크며, 시내까지도 꽤 먼 거리라는 것을 알아서인지 고민은 더 깊어갔다.

고민을 하고 있는 그 순간 창문을 열어달라는 방송이 나왔고 창밖 런던의 도심을 보니 설레는 마음이 증폭되었다. 그러는 와중에 런던의 명소 중 하나인 런던아이가 내 눈에 들어왔다. 그 순간 확신이 들었다.

"그래, 뭐. 죽는 것도 아닌데 런던아이라도 눈앞에서 보고 오자!"

확신에 찬 나는 입국심사를 무사히 마친 후, 빠르게 지하철을 타러 갔다. 미리 정보를 알아보지 않았기 때문에 온전히 사람들에게 계속 물어보며 갔다. 런던의 지하철도 한국 지하철처럼 노선이 다양하고 복잡해 보였다. 그렇게 런던 사람들에게 런던아이를 가는 법을 계속해서 물었고 내가 물어 본 사람들은 모두 친절하게 대답해주었다. 그렇게 무사히 Waterloo 역까지 도착했다. 혹여 잘못 가고 있는 건 아닌지, 이따가 늦진 않을지 걱정이 되어 여유는 부족하고 발걸음은 빨랐지만 런던에서 유명한 2층 버스, 블랙캡 등을 보니 여기가 진짜 런던이구나 하는 생각이 들었다. 런던아이 근처에 가니 수많은 사람이 있었고 놀이기구, 공연 등 다양한 볼거리가 있었다. 런던아이에 도착하니 생각보다 커서 사진 한 장에 담는 것도 힘들었다. 다른 사람에게 부탁을 해서 사진을 찍기도 하고 맞은 편 빅벤도 멀리서나마 볼 수 있었다. 정말 잠깐이긴 하였으나 안 왔으면 후회가 될 것 같다는 생각이 들었고 다음에는 꼭 유럽여행도 가야겠다는 생각이 들었다.

나는 무사히 히드로 공항으로 돌아왔고 공항에서 fish and chips와 맥주를 먹고 난 후 남은 경비로 한국에 가져갈 초콜릿들을 구매하고 비행기에 탑승했다. 한국에 가는 비행기라서 그런지 한국인이 참 많이 보였고 오랜만에 이렇게 많은 한국인들을 보니 반갑고 설렜다.

비행기를 탑승하려는데 나의 수화물이 전산 오류로 인하여 하나이지만 둘로 신청이 되어 약간의 지체는 있었지만 무사히 출발하였다. 아쉬움과 설렘으로 잠이 오지 않아 비행기에서 뜬눈으로 시간을 보냈다. 나의 마지막 비행도 무사히 끝이 났고 공항에 도착하여 한국 유심으로 바꾼 뒤 가장 먼저 내가 세상에서 제일 사랑하는 가족에게 전화를 했다.

"아빠, 엄마, 형! 나 무사히 왔어!"

에필로그

여행 그 후, 여행이란 일탈이 끝난 후
평범한 일상으로 돌아오다.

난 한국에 도착하고 다시 일을 하기 전 가족과 2일의 시간을 보냈다. 가족
들에게 내 사진을 자랑하기도 하고 이야기를 들려주면 사랑하는 가족들은
내 이야기에 집중해주고 재밌게 들어주었다. 부모님에게 자식은 무엇이든
자랑스럽고 예뻐 보이겠지만 무사히 다녀 온 것에 진심으로 자랑스러워
하시고 기뻐하셨다. 내가 모은 돈으로, 내가 느끼고 즐기기 위해 다녀 온
여행인데도 가족들은 나에게 멋지다고 해주었다.
문득 문득 여행 기간에도 나의 사진을 가족들에게 보낼 때,
"나 무사히 있어! 걱정 마. 여기 진짜 예쁘지?"라는 메시지를 보낼 때면 언
제나,
"응, 너무 예쁘다. 항상 몸 조심해. 아픈 데는 없어?"라고 답해줬던 가족들
에게 미안한 감정이 생기곤 했다. 부모님도, 형도 사람인데.. 일하고 공부하
느라 바쁘고 힘들었을 텐데 나 혼자 좋다고 이러는 것이 미안하기도 하고
마음이 안 좋았다. 그때 가족들과 나중에 꼭 다 같이 해외여행을 가야겠다
고 다짐을 했다. 내가 계획하고, 내가 앞장서서 가족들과 행복한 시간을 보
내고 싶었다. 한국으로 돌아와 일을 다시 하면서 내가 학창시절에도 하지
않았던 영어 공부에 매진하는 이유 중 하나이다. 세상에서 가장 사랑하는
나의 부모님, 그리고 언제나 친구이며 나의 우상이기도 한 우리 형 유현민,
내가 이렇게 책을 쓸 수 있는 것도 가족의 응원과 힘이라고 생각한다.
"사랑하는 가족들, 우리 꼭 다 같이 해외여행 가요."

여행기간에 만난 한국인들의 이야기엔 공통점이 있었다. 여행을 사랑하는 것, 여행은 사치가 아니라는 것, 떠났던 사람은 또 다른 곳으로 떠나게 되어있고 떠날 것이라는 것.

나는 내가 혼자 여행을 하는 것도 처음이었을 뿐더러 해외는 초등학생 때 어머니와 친척들과 함께한 베이징 패키지 여행이 전부였다. 많은 사람들이 내게 말해주었다.

"돌아가면 한동안 힘들 거에요. 추억에 살기도 하며 무엇이든 집중한다는 것이 많이 힘들 거에요."

나는 그때마다 그들의 말에 전부 이해할 수 없었다.

막상 일상으로 돌아오니 정말 그들의 말대로 나의 주된 이야기는 여행이었고 남미를 회상하며 추억에 살았다. 그리고 일이 끝나고 집에 누워있을 때 천 장이 넘는 사진을 보며 그 순간들을 추억했다.

그래도 평범한 일상은 나에게 감사했다. 다시 일을 하고 운동을 했고, 영어 공부를 하기도 하고 책을 읽기도 했다. '여행에 미치다'에서 선물 세트를 보내주었는데 아직도 그것들은 나에게 큰 선물처럼 느껴진다. 방구석에 있는 나의 배낭을 볼 때 '다음은 어디로 갈까?'라는 생각과 함께 설렘이 느껴진다. SNS의 여파가 컸는지 수백 명이 넘는 사람들에게 메시지가 왔고 그 메시지의 내용은 응원과 정보 요청 글이 대부분이었다. 나는 내가 줄 수 있는 도움을 최대한 드리고자 정보를 모으고 정리하며 한 분 한 분 답변해주었다. 이렇게 피드백을 받으니 비행기도 탈 줄 몰랐던 내가 많이 발전했다는 생각이 들었다.

나의 지인, 친척들도 모두 나의 남미 이야기에 관심이 많았다. 나는 한동안 대화를 이끄는 주체가 되어있었다. 참 신기한 것은 3주라는 시간이 누군가에겐 참 짧을 수 있는 시간이고 세계 여행을 하는 멋진 분들이 많지만, 나의 이야기는 나의 이야기대로 다른 사람에게는 신기하고 재밌는 이야기가 될 수 있었다. 나는 추억을 되살릴 수 있어서 행복했고 나의 이야기를 들어주는 사람들은 간접 경험을 한 것 같다며 행복해 했다. 그렇게 나는 나의 이야기를 책을 쓰기로 결심했다.

군 시절 책을 읽는 것에 빠졌고 메모하는 습관이 생겼다. 그리고 가끔 시를 적어보곤 했지만 정식으로 책을 쓴다는 것이 걱정이 되기도 하였다. 하지만 나의 행복한 감정이 다른 사람들에게도 전해지길 바라며 정말 하루하루 열심히 적었다.

여행을 다녀온 지 1년이 된 지금.
나는 다시 평범한 일상으로 돌아와 가끔은 신세 한탄을 하기도 하며 힘들면 거친 표현을 쓰기도 한다. 그럼에도 이런 평범함이 있기 때문에 가끔 있는 특별함의 소중함을 알게 되었고, 그렇게 평범함 또한 귀중하다는 것을 알게 되었다. 여행 때 만난 소중한 인연들을 가끔 만나며 같이 추억에 빠질 때도 있고 외국어 공부를 열심히 한 후 아프리카로 꼭 가겠다는 꿈도 생겼다. 여행 때 현지에서 질리도록 들었던 Despacito라는 곡은 나의 최애곡이 되어있었고 지금도 그 노래가 흘러나오면 남미에서 느껴진 행복함이 느껴지기도 한다.

이 책을 읽는 독자들에게 가장 전하고 싶은 것은 난 정말 외국어 능력도 부족하고 평범한 사람이지만 그럼에도 너무나도 행복했던 여행 이야기를 들려주고 싶었다. 물론 여행이 마냥 좋을 것이라 찬양만 할 수는 없고 무조건 떠나라고 강요할 수는 더더욱 없을 것이다. 사람마다 생각하는 가치관과 환경이 다르기 때문이다. 여행을 통해서 인생의 진리를 깨우치고 엄청난 배움을 얻었다 하지도 않겠다. 실제로 그러지 못했을 뿐더러 여행은 말 그대로 여행일 뿐이기 때문이다. 하지만 행복한 이야기가 생겼다는 것은 확신할 수 있다.

나는 해외여행이란 시간, 비용, 외국어 능력이 모두 되어야만 가능하다 생각해서 미루고 또 미뤘었다. 그러나 여행을 다녀오니 '가장 중요한 것은 완벽한 상황보다는 용기이지 않을까?'라는 생각이 들었다. 그리고 내가 확신할 수 있는 건 이번 여행은 나에게 인생 터닝 포인트가 되었다는 것이다. "내가 이렇게 행복한 적이 있었나?"라는 생각이 들 정도로 행복한 추억이 생겼고 나도 모르는 용감한 나의 모습도 볼 수 있었다. 나는 행복하고 행운이 가득한 사람이라는 감사함을 느꼈고 이제 내가 그토록 가고 싶어했던 마추픽추를 상상이 아닌 회상을 할 수도 있게 되었다. 여행을 다녀오니 나는 나의 이야기가 생긴 사람이 되었다. 짧게도 할 수 있고 길게도 할 수 있는, 온전히 나의 이야기가 생겼다는 것이다. 나의 이야기가 생겼다는 것, 참으로 큰 행복이다.

마지막으로 독자들에게 바라는 것이 있다면,
첫째, 나의 이야기를 듣고 미소를 지을 수 있는, 재밌는 간접 남미 여행을 했으면 좋겠다.
둘째, 여행을 떠나기 전인 사람이라면 용기를 가졌으면 좋겠다.
셋째, 여행을 다녀온 사람이라면 이 책으로 인해 추억이 떠오르며 행복했으면 좋겠다.
이 셋 중 하나만이라도 느껴주신다면 감사하고 행복할 것이다.

상상 아닌 회상의 넋이

지은이 유재석

1판 1쇄 발행 2019년 3월 6일

저작권자 유재석

발행처 하움출판사
발행인 문현광
교 정 성슬기
디자인 박진우
주 소 광주광역시 남구 주월동 1257-4 3층 하움출판사
ISBN 979-11-6440-003-4

홈페이지 www.haum.kr
이메일 haum1000@naver.com

좋은 책을 만들겠습니다.
하움출판사는 독자 여러분의 의견에 항상 귀 기울이고 있습니다.

· 값은 표지에 있습니다.
· 파본은 구입처에서 교환해 드립니다.
· 이 책은 저작권법에 따라 보호받는 저작물이므로 무단전제와 무단복제를 금지하며, 이 책 내용
  의 전부 또는 일부를 이용하려면 반드시 저작권자와 하움출판사의 서면동의를 받아야합니다.

이 도서의 국립중앙도서관 출판예정도서목록(CIP)은 서지정보유통지원시스템 홈페이지(http://seoji.nl.go.
kr)와 국가자료종합목록시스템(http://www.nl.go.kr/kolisnet)에서 이용하실 수 있습니다. (CIP제어번호 :
CIP2019006975)